帝一の國

原作 古屋兎丸
小説 久麻當郎
脚本 いずみ吉紘

小説 JUMP j BOOKS

目次

人物紹介

〝野心の男〟 赤場帝一（あかば・ていいち）
生徒会長になるために命を懸ける男。自分の国を作る、という途方もない野心を持つ海帝高校一年生。

〝補佐の男〟 榊原光明（さかきばら・こうめい）
彼を手に入れたものが勝つと噂される、優秀な参謀。（男子校なのに）アイドル的人気の一年生。

〝正義の男〟 大鷹弾（おおたか・だん）
公明正大、文武両道。仁義礼智信すべて併せ持つ、まるで少年漫画の主人公のような一年生。

〝謀略の男〟 東郷菊馬（とうごう・きくま）
スパイばりの情報網を持つ男。人を欺き、足を引っ張ることを常に企んでいる姑息な一年生。

〝支配の男〟 氷室ローランド（ひむろ・ろーらんど）
富豪の家系に育ち、王者の風格を身にまとう二年生。次期生徒会長の大本命と目されている。

〝戦術の男〟 森園億人（もりぞの・おくと）
文化部男子から絶大な支持を得る将棋部の天才。戦局を読むことに長けた頭脳派の二年生。

映画 帝一の國

原作：古屋兎丸『帝一の國』（集英社ジャンプコミックス）
監督：永井 聡
脚本：いずみ吉紘
音楽：渡邊 崇
主題歌：クリープハイプ「イト」（ユニバーサル シグマ）
製作：フジテレビジョン　集英社　東宝
制作プロダクション：AOI Pro.

配給：東宝

【第一章】帝一の國

〝政治とは流血を伴わぬ戦争である〟

毛沢東《もうたくとう》の言葉の中で最も好きな言葉だ。

僕の名前は赤場《あかば》帝一《ていいち》。

僕は誓う。海帝《かいてい》高校の生徒会長になってみせる！　誰にも負けない。

今日から僕の戦いが始まる!!


四月の真っ青な空の下、今年も海帝高等学校の入学式が始まろうとしていた。希望を胸に、真新しい学ラン姿の新入生が続々とその校門をくぐっていく。校庭の桜の花は真っ盛りで、降りそそぐ花びらが新入生を祝福している。

海帝高等学校は私立の中高一貫制男子校である。元々は海軍兵訓練学校として創設され、優秀な将校を数多く輩出していたが、後の学校改革により新制海帝学校として生まれ変わった。そして数多くの政治家や官僚を生み出す超名門校として全国にその名を轟かせていた。

講堂に掲げられた錨《いかり》をあしらった真っ赤な校旗のもとに、生徒会長の堂山圭吾《どうやまけいご》が立った瞬間、その凛々《りり》しい姿に帝一は身震いした。堂山は新入生たちを前に一字一句淀みなく言葉を発した。

「新入生諸君、海帝高校入学おめでとう！　それに伴い諸君は生徒会の一員となります。高校では中学校でやれなかったことや、また、やってみたいことを我々生徒会本部に是非《ぜひ》伝えて欲しい。我々生徒会はときに優しく、そしてときに厳しく諸君を指導するだろう。では、諸君が我々とともに実りある学校生活を送ってくれることを願う！」

堂山の言葉が講堂中の生徒に届き、その耳を揺さぶる。帝一は息を呑《の》んで夢中になって拍手した。

すごい威厳だ！　これが厳しい選挙戦を勝ち抜いた生徒会長の自信か！　堂山生徒会長、なんてかっこいいんだろう!!

海帝高校生徒会長の特典として、堂山圭吾には日本一の国立大学東都《とうと》大学への入学が約束されている。後ろに控える本部役員たち四人にもまた、私立有名大学の入学が約束されており、副会長の古賀平八郎《こがへいはちろう》をはじめ、彼らの表情は自信に満ちあふれていた。政治家や官僚を多く輩出する海帝高校は、伝統的に派閥作りや生徒会長選が政界さながらに行われており、学校もその競争を推奨し、生徒会長に多くの権限を持たせていた。そのため海帝高校では必然的に生徒同士の熾烈《しれつ》な争いが展開している。そして歴代生徒会長によって作られた政界の最大派閥、海帝生徒会長会に入ることが総理への近道と言われている。

「では次に新入生代表の挨拶！　最優秀の成績で入学した、一年一組一番、赤場帝一!!」

生徒たちがざわめいた。

「はい！」

帝一の後ろに並んでいた榊原光明《さかきばらこうめい》がこぶしを握りしめてささやいた。

「帝一、ガンバ」

帝一が一歩一歩しっかり踏みしめて階段を上がるその足音が講堂中に鳴り響いた。

「私たち新入生はこの伝統ある海帝高校の入学を果たし胸一杯です。この感動！　そして生徒会の一員になれたという誇りを胸に抱き、有意義な三年間を過ごしたいと思います!!」

帝一は舞台の高みから、並み居る同級生たちを見下ろした。


僕は作る。僕の国を。

【第二章】

海帝高等学校

帝一《ていいち》の父、赤場譲介《あかばじょうすけ》もまた海帝《かいてい》高校の出身者である。譲介には高校時代、東郷菊馬《とうごうきくま》の父である東郷卯三郎《うさぶろう》と会長選を戦い敗れた過去があった。敗北した譲介は自力で東都大《とうと》に入り通商産業省の官僚となったが、先日新たに組閣された田伏《たぶせ》内閣における通商産業大臣は「海帝高校会長会」に属する東郷卯三郎が選ばれた。官僚のポストを左右する政権与党自友党《じゆうとう》のなかでも海帝高校会長会派閥の肩書きの力は絶大であり、成功の大きな鍵になっていた。今なお失意のなかにいる譲介は、帝一に自分の果たし得なかった夢を託していた。

けれど、世の中うまくいかない。どうやら僕はピアニストである母の遺伝子を濃く受け継いだらしい。

かつて、優れた小学生ピアニストだった帝一は、私立文明《ぶんめい》小学校時代に数々のコンクールで優勝し続けていた。しかし、学校でその栄誉を讃えられることは帝一にとって喜ばしいことではなかった。帝一の脳裏に同い年の東郷菊馬と根津二四三《ねづにしぞう》の不満げな顔が思い浮かんだ。

「よろちくび！」

出し抜けに帝一の乳首をつねった東郷菊馬のせいで、帝一は大事に抱えていた楽譜を落としてしまった。

「帝一、今日も女みてえにピアノポロンポロンかよ」

帝一は泣きだした。

「僕の楽譜……返してよ～」

「はっ！　相変わらず女みてえだな！　男なら力で取り返してみろよ！」

「泣いてやんの、ケケッ」

勝ち誇ったような笑みを浮かべた菊馬と二四三が、帝一を馬鹿にして楽譜を頭の上でひらひらさせた。

「ちょっと、菊馬たち！」

肩を叩かれて振り向いた菊馬に見事なハイキックが入った。

「げっ、男女《おとこおんな》の美美子《みみこ》だ!!」

いきなり実力行使に訴えた白鳥《しらとり》美美子に恐れをなし、二四三は伸びてしまった菊馬を抱えて
「覚えてろよ！」と逃げていった。美美子は去っていく二四三たちに向かって宣言した。

「今度やったらもっとボッコボコにしてやるんだからね！」

美美子が二四三の落としていった楽譜を拾ってやると、帝一は気まずそうな顔をしてそれを受け取った。

「帝一君、ちょっとはやり返したらどうなの？」

「僕……争うのとか嫌いだし……」

憂いに満ちた帝一の横顔に、美美子はしょうがないと言うように小さくため息を吐《つ》いた。

「でも私、好きよ。そんな帝一君も」

「そう」

小さな告白をこともなげに受け流した帝一を美美子がキッとにらんだ。美美子のように、帝一のピアノを愛する人がいる一方で、面白く思っていない人物もいた。それは菊馬や二四三だけではなかった。

「帝一！　お前はまたピアノを弾いているのか!!」

父親の譲介が突然部屋に入ってきて叱りつけた。帝一はピアノをやめておびえた顔をした。

「父さん、お帰りなさい」

「ピアノを弾くなとは言わん。ただしっ、その前に学ぶべきことはたくさんあるだろう！」

慌てて母親の桜子《さくらこ》と妹の夢子《ゆめこ》がリビングに来た。

「あなた、帝一さんが怖がってるわ」

仲裁に入ろうとする桜子に譲介は耳を貸さなかった。

「そんな腰抜けだから東郷の息子ごときにやられるのだ」

「帝一さんは成績だっていいのよ」

「ただ成績がいいだけではな、海帝高校の生徒会長にはなれないんだ!!」

母親と父親が帝一の目の前で言い争った。帝一はやりきれなくなって、思い切って本心を打ち明けた。

「僕……そんなのなりたくない……」

「馬鹿者！　海帝高校の生徒会長になることは、将来国家を動かす政治家や官僚への近道なんだぞ！」

譲介の言うことは帝一にさっぱり響かなかった。

国家を動かす、政治家や官僚になる……それって楽しいの？　美しいの？　なんでそんなもののために争いごとをしなきゃいけないのだろう。

浮かない顔をしている帝一に、譲介は怒鳴った。

「自分の国を作る。男にとってこれ以上大きな夢はなかろう！」

自分の……国？

譲介は苛立《いらだ》ち、矛先《ほこさき》を妻に向けた。

「お前がピアノなんか習わせるから、こんな、なよなよした男になってしまったんだ！」

「あら、私は優しい男の子に育ってくれて嬉しいわ」

桜子は譲介に言い返した。

「わたしも、にいにのピアノ大好き！」

夢子も帝一の援護に回った。業《ごう》を煮やした譲介は、帝一の腕を摑んだ。

「帝一、今から滝修行に行くぞ！」

「滝!?」

帝一は慌てた。あまりにも無茶な話だ。でも、譲介の目は本気だ。

「その根性を叩き直してやる!!」

桜子がすぐに止めに入った。

「あなた、やめてこんなに寒いのに！」

帝一を無理やり引っ張ろうとする譲介の行く手をふさいだ。

「お前は口を出すな!!」

「にいにが死んじゃう！」

夢子は父親の剣幕が怖くて、半泣きで叫んだ。

さっきまで平和にピアノを弾いていた時間が嘘のように、部屋が叫び声と争いに満ちてしまったのを帝一は呆然と眺めた。

どうして……僕がピアノを弾くとどうして周りの人に争いが起こるんだろう……争いたくなんかないのに……。

譲介と桜子はもみ合いになった。譲介は桜子を押しのけて帝一を連れていこうとしたが、桜子は譲介にしがみついて阻止する。そのはずみに、譲介の手から帝一が滑り落ちた。帝一はそのまま後ろに倒れ、ピアノの鍵盤に頭を打ちつけた。強烈な不協和音とともに帝一の意識が飛んだ。

美しく、静かな野原にひとり、帝一はピアノの前に座っていた。見渡す限り、野原とまばらな木々があるだけで他に誰一人いない。そのかわり、人間以外の生きとし生けるもの、兎《うさぎ》や猿《さる》、鹿《しか》、はたまた豹《ひょう》、象《ぞう》がピアノの周りに集まって帝一のピアノを聴いている。帝一は思う存分、ピアノを弾く。誰にも気兼ねすることなく、醜い争いを目にすることなく、楽譜に身を委《ゆだ》ねて思うままに指を走らせる。その音色はピアノの周りに集まったものたちだけでなく、草や木、土や空にまで染みこんでいく——

夢のような世界から現実に引き戻された帝一が目を覚ますと、譲介が上から覗きこんでいた。

「帝一、しっかりしろ！」

桜子と夢子も心配そうな顔で帝一を見守っている。後頭部に痛みが残っていたが、そんなことは帝一にとってはどうでもよかった。

「僕の国……。僕……滝修行に行くよ」

帝一の言葉に譲介も桜子も驚いた。帝一の目は不気味なくらい据わっていた。

このときを境に、帝一は海帝の生徒会長を目指し始めた。自分の国を作るため、どんな手段でも使う覚悟で高校入学まで歩んできた。


正々堂々なんて言葉は、帝一の辞書から削除ずみだ。


入学式を終えた夜、帝一は家族が集まった夕食のテーブルで譲介と会話した。

「学校はどうだ」

「特段なにも。新入生代表の挨拶もうまくやりました」

「わかっていると思うが生徒会長になるための第一歩、それはルーム長になることだ。お前には絶対に生徒会長になってもらう。お前の実績なら問題なく選ばれると思うが、念のため寄付金も増額しておいた」

桜子は眉をひそめた。

「あなた、入学早々そんな話。帝一さん、お友達たくさんできるといいわね」

帝一は笑ってやんわりと言った。

「母さん、僕はお友達を作るために進学したんじゃないよ」

「よく言った。東郷の息子だけには死んでも負けるなよ」

「父さんの悔しい思い、僕がそれを晴らして見せます！『海帝高校で一番になれ』という思いが込められたこの帝一という名にかけて、僕は生徒会長になってみせます!!」

「まずは……絶対に私がルーム長にしてやるからな」

「よろしくお願いします!!」

こと海帝高校の話題になると、帝一と譲介は一心同体と言えるほどの一体感を共有していた。


夕食後、帝一は外出して、ある洋風の屋敷の二階に向かって小石を投げた。窓に小石がカツンと当たってしばらくするとカーテンが開き、中から光が漏れた。バルコニーに立つのは、白鳥美美子だ。小学校のときにいじめからかばってくれた美美子は、いま帝一の恋人だ。美美子が窓から糸電話の紙コップを降ろした。うるさい親の目を盗んで、帝一と美美子は毎晩のように二人だけの会話を楽しんでいる。帝一は糸電話の片方を受け取ると、快活に呼びかけた。

「美美子！」

「帝一君！」

「花園《はなぞの》女子高校はどう？」

「学校はとっても楽しいわ！　でも、みんなお嬢様すぎてつまらない。ごきげんようって挨拶するのよ。私は木登りとかしたいのに！」

「ははは、美美子は相変わらずだな」

「帝一君はどう？」

「とてもいい緊張感だよ。だって僕の夢の一歩を踏み出したんだからね」

帝一の声からは偽《いつわ》りのない満足感が伝わってくる。美美子はそんな帝一がかつての帝一とは違う人になってしまいそうで不安になった。

「ねえ、最近ピアノは弾いてるの？　また聞かせてほしいな」

「……いや」

「もったいないよ！　帝一君の才能はピアニストも認めるくらいなのに！」

帝一は返事をためらった。

「美美子、人はいつか人生をかけて本気で戦うときがくる。それが大学受験の人もいれば、就職試験の人もいる。でも僕にとってはそれが今だっていうだけさ。だからピアノはその後だよ」

「うん。わかった。応援する」

美美子は帰っていく帝一の後姿を頼もしく見送った。

海帝高校最大の特徴は、一、二年で構成される総勢六十人の評議会員の投票によって生徒会長が決定されるという点である。いわば、この評議会が海帝政治の中枢なのだ。各委員会の委員長、副委員長、及び部活の部長、副部長、それにルーム長か副ルーム長になることで評議会入りを果たすことができるが、生徒会長になるためにはルーム長になることが絶対条件だ。そして、ルーム長は、担任がさまざまな条件を考慮して任命することになっていた。

帝一の所属する一年一組の担任教師、川俣豊次《かわまたとよじ》がルーム長任命を前に、選考基準を確認した。

「それでは、今から一組のルーム長を発表する。担任である私がルーム長を任命する。ルーム長の選考基準はひとつ、品行方正であること。ひとつ、リーダーシップがあること。ひとつ、入学試験の結果が優秀だった者だ。そしてルーム長には、副ルーム長を任命する権限が与えられる。では発表する。ルーム長は、赤場帝一！」

「はい！　川俣先生。選んでいただいて光栄です。クラスの発展のために精一杯頑張ります」

ざわめきのなか、指名を受けた帝一は落ち着いた態度で返事をした。

「やっぱ、帝一か」

周囲から声があがった。

「これにより、君には副ルーム長を選任する権限が与えられた。明日までに指名するように」

川俣が帝一に言い添えると、帝一は即座に答えた。

「もう決めてあります。副ルーム長は、榊原光明《さかきばらこうめい》！」

「謹んでお受けします」

後ろの席で髪の手入れをしていた榊原光明は柔らかい声で帝一の指名に応えた。

クラス中から興奮した声があがる。二人の仲のよさを中学時代から知っている生徒たちは、その選択に納得していた。

ホームルームが終わると、光明は帝一のところにさっそく近寄ってきた。

「帝一、オシッコ」

「ああ、僕も行くよ」

談笑しながら連れ添っていく二人の後姿を同級生たちが見送った。

「本当にあの二人は仲いいな」

人のために力を尽くして働くのが大好きな光明は、帝一という信頼できる存在を得てからずっと、そのかけがえのない歯車として、知恵を絞り汗を流して帝一を支えてきた。そんな光明を、帝一は友人よりも仲間よりも特別な存在、いわば「伴侶」として大切にしてきた。

ここに、海帝生徒会会長選挙史上、最も謀略に長《た》けた帝一・光明の赤場派が誕生した。

同じ頃、隣の二組でもやはりルーム長の任命が行われていた。

「二組のルーム長は東郷菊馬！」

「ういっす」

敬礼で担任教師の指名を受け止めた菊馬も、間髪容《かんはつい》れず根津二四三を指差した。

「俺に忠誠を誓うな？」

「もちろんだろ」

のちに赤場派と熾烈《しれつ》な戦いを繰り広げることになる、菊馬・二四三の東郷派が誕生した。


各組で滞《とどこお》りなくルーム長の任命が行われているなか、六組ではちょっとした波乱があった。

「このクラスのルーム長は……大鷹弾《おおたかだん》！」

「えっ、俺？」

指名された大鷹弾本人が驚いて聞き返した。


各クラスのルーム長と副ルーム長の氏名は瞬く間に学校中に知れ渡った。放課後、校長室に集まった一年生の担任たちが、黒岩《くろいわ》校長に対してルーム長決定の報告会を開いた。一組の川俣は、メモを手にしながら報告を始めた。

「一組のルーム長は赤場帝一、寄付金六百万」

「おお、六百万!?　これはすごい!　本校最高額じゃないか?」

ルーム長の選考基準は、川俣が生徒たちに説明した表向きのものの他に、もう一つ重要な要素がある。それは学校への寄付金だ。譲介は念のために寄付金を増額していた。

「二組のルーム長は東郷菊馬、寄付金五百万……」

校長室での教師たちの生々しいやりとり、これは生徒たちには聞かれてはならないものだが、帝一と光明には会話が筒抜けになっていた。光明が作った盗聴器のおかげだ。光明は家が機械加工工場で、幼いときから機械をいじるのが趣味だった。帝一と光明は校舎の入り口で会話を受信している。帝一がほしいのは六組の情報だ。

「六組のルーム長は、大鷹弾。外部生ではありますが、超難関と言われる外部の入試試験においても歴代トップ、ほぼ満点の成績です。そのうえ、彼は人望も厚く、誰に対しても親切で、まわりは内部生しかいないのにたった一か月で六組の中心になっています」

六組についての情報に、帝一も光明も釘付けになった。

「寄付金ではなく、成績と人望でルーム長になっただと!?」

「でも、帝一が生徒会長の有力候補だって皆、言ってるよ」

疑いなく自分を信じてくれる光明の言葉に、帝一は微笑んで光明の前髪を指でさっと梳《す》いた。

するとと、光明が真顔になって言った。

「帝一、僕は君をとっても尊敬しているんだ」

「なんだよ急に」

「帝一は特別な存在だから、君みたいな人にトップを取ってもらいたいんだ」

「照れるだろ、光明。お前ほど頼りになる友人はいないからな」

満足そうな表情を浮かべた帝一は、光明の耳にそっと口を近づけた。

「光明、君だけに言うよ。将来の夢」

大事な秘密を共有するときの、あの独特の緊張感が帝一と光明を包んだ。帝一が息を大きく吸いこんだ。

「僕は作るよ。僕の国を」

雷に打たれたように目を見開いた光明が帝一の両手をしっかりとつかんだ。

「こんな盗聴器をいとも簡単に作っちゃう光明がいれば百人力さ」

光明も帝一の褒め言葉がうれしくて仕方ない。

「はっ！　生徒会長になって親の雪辱を果たすってか？」

その声を聞いたとたん、帝一の目は戦闘の色を帯びた。振り返ると果たして、菊馬と二四三がニヤニヤしながら帝一たちを見下ろしていた。菊馬は小学校時代の好戦的な性格そのままに高校生になっていて、父親と同じように海帝高校の生徒会長になることを目標としていた。

「帝一、生徒会長の座は俺がもらう。お前の親父と同じ屈辱を与えてやるよ」

菊馬が自分の額を何度も指で突きながら甲高く笑った。帝一は平静を装っていながら、奥歯を噛み締めて侮辱に耐えていた。光明がたまらず間に入った。

「菊馬くん、そんな言い方よしなよ」

「お前らの恋人プレイには反吐《へど》がでるぜ!! ロマンチックな友情ごっこは会長選挙にはいらないぜ。光明、俺はお前を買ってるんだ。こんなヘタレとくっついてないで俺の派閥に入れよ」

馴れ馴れしく体を触って攻め立ててくる菊馬の口からもわっとした吐息が漂う。

「嫌だ。口くさいんだもん」

「あ?」

光明に言われて気になった菊馬は、口の前に手をかざして臭いをかいだ。

「光明、行こう」

立ち去ろうとする帝一の肩を菊馬が摑んだ。

「逃げんのか? おい」

「僕は誰とも戦わないよ。生徒会長選は自分との戦いさ」

「出た出た! お前のそういういい子ちゃんブリッ子なとこが嫌いなんだよ!! お前みたいな奴が本当は悪人なんだ! 悪の香りがプンプン臭うぜ!! なぁ二四三!」

菊馬が帝一に鼻を近づけてわざとらしくかぎ回るが、帝一は冷静さを失わない。

「僕は少なくとも君みたいに口は臭わない」

「調子に乗んなよ。よろちくび！」

「痛っ！」

乳首をつねられた帝一は思わず声を出してしまった。小学校のときの忌まわしい関係が繰り返される。

「昔みたいにいじめてやろうか？　おい、足震えてんぞ」

勝ち誇って高笑いしている菊馬の側頭部に、バレーボールがクリーンヒットした。菊馬は衝撃でぶっ倒れてうめいた。

「悪い、悪い。大丈夫か？」

快活に声をかけて駆け寄ってきたのは、大柄な海帝生だ。偶然に菊馬を成敗したボールを帝一が拾って渡すと、その生徒は帝一の顔をまじまじと見た。

「あれ？　お前、入学式で挨拶してたよな」

「一組のルーム長、赤場帝一だ」

「僕は榊原光明だニャン」

光明は猫の手のポーズで自己紹介する。

「おお、そっか！　俺は六組のルーム長、大鷹弾。よろしくな」

「君が六組のルーム長か。六組は佐々木《ささき》だと思ってた」

「あいつは副ルーム長だ。なぜか外部生の俺が選ばれてさあ」

「なかなか入れないのにすごい！」

光明は素直に弾のことを褒めたが、帝一は弾に対して警戒心をつのらせた。ただでさえ超難関といわれる外部試験を突破してきたというだけでも注目に値するのに、外部生でルーム長になるのは前代未聞だった。

自分の頭上で会話が交わされているのに苛立ち、菊馬が立ち上がって弾に摑みかかる。

「待てこら！　ボール当てといて俺をシカトか？」

「あれ？　お前口くせえなあ」

弾は爽やかに言った。

「なんだとコラァ!?」

菊馬と弾がもめているのに気づき、弾とドッジボールをやっていたクラスメイトたちがわらわらとやってきた。そのなかには、ルーム長の座を取られた佐々木の顔も見える。

「どうした？　弾」

分が悪いと見て、菊馬は手を引いた。摑みかかられた弾のほうは平然としている。

「大丈夫、なんでもない。えーと、お前、名前なんだっけ？」

「二組ルーム長、東郷菊馬様だよ！　覚えておけ」

弾は輝くような笑顔を菊馬に向け、肩に手を置いた。

「ぶつけて悪かったな、菊馬」

それだけ言うと、弾はクラスメイトたちと笑い合って去っていった。

「少女漫画の実写化みてぇな奴だ」

菊馬は顔をしかめて、二四三とともに消えていった。

「弾君っていい人だね。人気もあるし」

無邪気に弾をほめる光明を、帝一は鬼のような形相でにらんだ。光明がその視線に気づいて振り向いた。

「わ、びっくりした」

「はしゃぐな光明。ルーム長はみなライバルだ！」

大鷹弾は中学からの進学者で固まっているクラスに早くも溶けこみ、ルーム長の座を佐々木から奪っただけでなく、その佐々木からすら敬意を受けている様子だ。その人望はいったいどこから来ているのか。


僕が中学三年かけて集めた人望と尊敬……それなのに、たった一か月で周りの生徒を手なずけるなんてありえないだろ！

大鷹弾とは何者なのか。帝一は自分のなかで好奇心と警戒心が同時に膨らんでいくのを抑えられなかった。

放課後、クラスメイトたちと下校する弾を帝一と光明が物陰からうかがっていた。弾たちはみな笑い合ったり、背中を叩いたりとふざけ合って騒がしい。

分かれ道で弾はひとり仲間たちから外れた。

「おい、俺あっちだから」

「じゃあな、弾！」

「おう、明日な！」

クラスメイトたちと元気よく別れの挨拶を交わし、弾は一人になった。その後ろ姿を帝一はひたひたと追い続けている。光明も忠実に帝一に寄り添って、弾の後をつけていった。理由も聞かされずにただ従っていた光明がついに口を開いた。

「なんで尾行してるの？」

「大鷹弾のどこにあんな人気があるのか、秘密を探るんだよ。彼が人望を集めるのには裏があるのかもしれない。全員に何かをおごるとか、宿題を写させるとかしているはずだ」

帝一と光明がタイミングを見計らって頭を出したとき、鼻歌交じりに歩いていた弾が、ぴたっと立ち止まった。

「帝一と光明だっけ？　俺になんか用か？」

「見つかっちゃった！」

かくれんぼで見つかったような無邪気な調子で、光明も顔をのぞかせた。

「まさか俺のこと探ってるんじゃないだろうな？」

「いや……同じルーム長として親睦を深めたいと思っている」

帝一がしらを切ったところ、駆け寄ってきた弾にいきなり肩を抱かれた。

「なんだよ、仲良くしたいなら早く言ってくれよ！　そうだ、うち遊びに来いよ！」

「え？」

「すぐ近くだから、こっちこっち」

思わぬ展開になり、帝一と光明は戸惑いを隠せないまま弾の家に引きずられていった。


弾の家は狭い路地に小さな家々が密集した突きあたりにあった。どの家も、ところ狭しと軒《のき》先《さき》に洗濯物が干してあり、古びたトタンには錆《さび》が浮きあがっている。帝一と光明はぎょっとした。弾がドアを開けて家に入ると、幼い子供たちが次々と転がるように出てきた。

「兄たん、お帰りー！」

「兄たん、これだれー？」

「腹へったー!!」

弾の弟と妹たちがめいめい勝手にしゃべって、目が回るほど賑やかだ。

弾は帝一たちに言った。

「今夕飯作ってるから、チビたちの相手してやってな」

弾はまっすぐ奥の台所に入ると、慣れた手つきでエプロンをつけ夕飯の支度を始めた。帝一と光明は弾の弟妹たちに腕を摑まれてさっそく部屋へと連れていかれ、遊び相手にされた。新しい遊び相手に大興奮する子供たちにもみくちゃにされた光明は、帝一に尋ねた。

「こ……これも弾君の作戦？」

帝一は弾の弟たちに組み伏せられて、光明の疑問に答える余裕がなかった。

「できたぞー」

ちゃぶ台いっぱいに並べられた、丸いコロッケに鶏の唐揚げ、ひじきの煮物などのごちそうに炊きたてのごはん。そのおいしそうな匂いに弾の弟妹たちが騒いだ。

「うまそー！」

「はらへった！」

「いただきまーす！」

光明が箸を手にした。

「じゃあ、遠慮なく」

「おう、食って食って」

一口食べると、光明は目を輝かせた。

「あっ、おいしい！　ねえねえ、帝一も食べてごらんよ」

光明の勧めを受け流し、帝一はちゃぶ台から一歩引いたところに正座して、家のなかをじっと観察した。自分で作った料理を食べて「うめえ」と自画自賛している弾の屈託のない様子に、帝一はよりいっそう警戒心を高めた。

「弾、ご両親は？」

「うち父さんが死んでるから、母さんが働きに出てるんだ」

帝一は衝撃を受けた。エリート中のエリートを目指す海帝高校に入るのに、片親というのはかなりの経済的ハンデを負うことになる。

「失礼だけど、それでよく私立に入れたね」

「俺は働くつもりだったんだけど、海帝の奨学金がもらえるからって先生に勧められてさ」

海帝の奨学金を受けるには、超難関の外部試験で満点に近い点をとらなければならない。

「弾君って、スーパー高校生なんだね」

光明が素直にほめると、帝一は思わず目をむいてにらんだ。

弾の弟が箸を握ったまま叫んだ。

「兄たんはなんでも一番なんだぞ！」

「ふん、それはどうかな？」

帝一は反射的に意地を張った返事をした。弾はそんな帝一に笑顔を見せた。

「お前って面白いな。なあ、少しは食ってくれよ。俺の自信作だぜ」

「じゃあ少し」

帝一はおつき合い程度に弾の作った煮物を口にした。

「……うまい」

思わず口に出してしまうほど、弾の料理はおいしかった。その絶妙な味付けに帝一はいつの間にか白旗を揚げ、夢中になって弾の作った飯を頬張った。

帰り道、帝一はあっさりと敵の手料理に屈したことを反省しながら歩いていた。


とてもうまかったのでつい……とはいえあまりに軽率だった。まったく、あの弾という奴はつかみどころがなくて、始末が悪い。今一度兜《かぶと》の緒《お》を締め直して、これからの戦いに挑まなければ。

「光明、僕は大鷹と戦うよ。どちらが生徒会長にふさわしいか……勝負だ！」

帝一は美美子の部屋の窓に小石をぶつけた。高校に進学し、毎日それまでとは比べものにならない緊張感の最中にいる帝一にとっては、美美子と話せるこの時間だけが唯一安らげる貴重な機会だった。高校に入ってからというもの聞き役に回っている美美子は、あれだけ繊細であった帝一が熾烈な戦いに身を置くことに不安を感じていたが、新たに現れた大鷹弾の話には興味を惹かれた。

「立派ね、その弾君って」

帝一はその言葉が癪《しゃく》に障《さわ》った。

「立派？　僕はあいつの態度はやっぱり戦略だと思っている。ああいう野心はありませんって顔している奴が本当は恐ろしく計算高いんだ。僕にはわかるんだ！」

自然と語気が強くなる。

「そうかな、野心がない人だっているわ」

「うわべだけさ。美美子は男がどういう生き物か理解してないんだ。男はみんな野心家なんだよ！」

吐き出すような調子で帝一がたたみかける。

「……帝一君、変わったわね」

「僕は変わったんじゃない。強くなったんだ！」

帝一は思わず声を張り上げてしまった。その声に気づいた美美子の母親が心配して声をかけてきた。

「ママに呼ばれちゃった。おやすみなさい」

美美子にさっと会話を切りあげられ、帝一は拍子抜けした。

「大きな声出してすまなかった。おやすみ」

美美子が手早く糸電話を引き上げ、部屋に入った。その後ろ姿を最後まで目で追ったあと、帝一はくるりと向き直って家路に着いた。

今夜の月は大きく夜空に貼りつき、孤独に歩く帝一の顔を照らした。月光に照らされて浮かび上がる帝一の顔は青白く輝いていた。唇を引き締め、数歩先にいる敵を見据えているような険しい表情だ。美美子が弾のことを肯定的に受け止めていたことを帝一は思い出した。


大鷹弾……！　みんなあいつにだまされる。……大鷹弾!!


コツコツと夜道に帝一の足音が響く。月に吠える犬のように、帝一は叫んだ。

「僕は負けない!!　帝一の一は一番の一！　負けることは許されないんだ！」

帰宅した帝一は、笑顔で迎えに出た母親に対して強張《こわば》った表情を見せた。

「母さん、晩ご飯はいらないから部屋に入ってこないで」

暗い表情で自室に戻る帝一の姿に、母親の桜子は不安になった。そんな不安をよそに、帝一は自分の部屋に入って、先ほど光明に誓った決戦の準備を整えた。

カバンの中から大きな封筒を取り出すと、帝一は、海帝高校伝統の鉢巻きを締めた。そして、「外部生入学試験問題」と書いてある封筒からテスト用紙を引っ張り出して机に置いた。

これは、内部生の帝一の目には触れないはずのものだ。昼間、帝一はそれを担任教師の川俣にかけあって強引に入手した。


——帝一が川俣に要求したのは、外部生用の入学試験問題と解答、それに大鷹弾の試験結果もだ。川俣は帝一の要求を即座に断った。

「だめだ。大鷹弾の試験結果は機密情報だ」

「それでも、僕の野心が許してくれません。大鷹弾と僕、どちらが一番かはっきりさせておきたいのです！」

帝一は決意のほどをその大きな目にこめて川俣を見つめた。もちろん、帝一はただ熱意だけで川俣を動かそうとは思っていなかった。人を動かすには、具体的な動機が必要だ。

「先生、私の父は通産省の役人ですが、文化庁にも太いパイプを有しております」

思わせぶりな言葉に、川俣はいぶかしい表情になった。

「だからなんだ？」

「川俣先生に骨を折っていただけたなら」

「なら？」

「先生の愛読書、『赤毛のアン』シリーズの作者、ルーシー・モード・モンゴメリの展覧会を日本で開催するよう父が働きかけてくれると申してました」

川俣は出席簿とともに手にしていた文庫版『赤毛のアン』を抱き、雷に打たれたように立ち止まった。

「だからと言って……」

そこへ帝一が駄目押しをする。

「モンゴメリの直筆の原稿、美しい挿絵の原画の数々、モンゴメリが縫ったキルト……」

「それが、見られると？」

川俣の喉がひくりと動いた。

帝一は微笑んでじっと川俣のことを見返した。これは川俣の弱点を突く、光明と一緒に考えた末の「モンゴメリ作戦」だった。こうして帝一はまんまと欲しいものを手に入れた――

「一時限目、数学。開戦！」

これは帝一と弾の、一対一の戦いだ。宣言と同時にテスト用紙をひっくり返して「赤場帝一」と力強く名前を書いた。

十分気合を入れて問題にとりかかった帝一の手がすぐに止まった。

「え……なんだこの問題は？　ブール関数!?　こんなの学校じゃ教わらないぞ。僕はたまたま独学で勉強していたが……！」

高校レベルをも超えた問題にぶつかって、帝一のこめかみに汗がにじんだ。

「高校入試のレベルじゃないぞ!!　奴はこれを解いたと言うのか!?」

一番は自分だという余裕は失せ、帝一は必死にかじりついて点をもぎ取りにいく。カリカリカリ、と鉛筆を走らせる音が鳴り止まない。複雑な計算を式に書き起こすだけで時間が刻々と過ぎていく。少しの休みも許されず、一秒を争う戦いへと突入していく。最後の問題の解答欄を埋め終わったと同時に、セットしてあった目覚まし時計が鳴った。帝一はふーっと大きく息を吐いた。

「はぁっ！　時間いっぱい、一秒も休めなかった！　これは想像以上だ、なんという難しさだ……」

最初の科目から激闘になり、帝一はこの後どんな戦いが展開するのか気が気でなかった。

「二時限目、英語！」

とはいえ、帝一はまだ平静を保っていた。英語は得意の科目だ。

意気ごんで問題に取りかかると、一見なんでもない英文に見えたそれは、抽象的な単語と難易度の高い文法の連続、それに終始繰り広げられる難解な概念の展開により、英語が得意な帝一でも読解が困難なものであった。

「労働生産物……生産物同士の関係……生産物である商品の価値……その価値が社会的に一人歩きすることをこの著者は批判的に考えている……こ、これはマルクス資本論！」

帝一は愕然とした。

数学に続いてこのレベルの高さ、外部試験恐るべし!!

問題文がマルクスの資本論であることを念頭に、和訳の下書きを修正した。修正を余儀なくされたぶん時間を費やしてしまい、帝一は焦った。数学のときと同じく、刻々と時間が過ぎていく。

帝一の父親、譲介は帰宅するなり妻の桜子に尋ねた。

「帝一はルーム長になれたのか？」

「ええ、ルーム長にはなれたみたいですけど……」

桜子は言葉を濁した。

「けど、どうしたというのだ?」

「ちょっと様子が変で……」

桜子は首を傾げた。


限られた時間のなかで容赦なく襲いかかってくる難問と格闘し続ける帝一の姿を、譲介はドアをかすかに開けて覗いた。

「心配など無用! あの鉢巻を見なさい。あれは海帝高校伝統の鉢巻だ。帝一は今、敵と戦っているんだ!!」

帝一が全科目のすべての問題を解き終わったときには、空がかすかに白んでいた。戦いの終わりを告げる目覚まし時計をやっとの思いで止めると、椅子の背もたれにゆっくりと体を投げ出した。

「終わった……」

「外部生用の入学試験問題?」

帝一が振り返ると、譲介がそばに立っていた。帝一によってびっしりと書きこまれた解答用紙を手にした。

「父さん」

「東郷の息子以外にも敵が現れたか？」

譲介はすぐに状況を推察した。内部生がほとんどを占める海帝高校の会長選挙は、実質的に内部生同士で争うことになる。徹夜をしてまで外部生用の入試問題を帝一が解いているのは、強力なライバルが外部生にいるからにちがいない。

「こんなのただの暇潰しですよ」

帝一は強がってみたものの、その顔には疲労が色濃く表れている。

「どれ、採点してやろう。お前の戦い、父さんが見届けてやる」

譲介が帝一の答案と解答を照らし合わせ、点を集計していく。帝一はその間、落ち着きなく部屋を歩き回っていた。

「よし、いくぞ。まず国語！」

帝一は大鷹弾の採点結果を拾いあげて、譲介に掲げて見せた。そこには赤字で「一〇〇」と書いてあった。

「国語、大鷹弾、百点！」

それを受けて譲介が帝一の解答用紙を突きつけた。

「赤場帝一、百点！」

帝一はほっとして額の汗をぬぐった。

「まずはイーブンか。やるじゃないか、大鷹弾！」

次は数学の点数だ。帝一が弾の点数を読み上げる。

「大鷹弾、九十六点！」

続いて、譲介が力強い声で読み上げる。

「赤場帝一、九十五点！」

帝一は頭に手をやって床に膝をついた。


なんていうことだ！　現時点で僕が一点負けてる!!　まずいぞ……これはまずい……。


「狼狽《うろた》えるな。顔を上げろ！　まだ一点差だ」

譲介は帝一を叱りつけた。

「英語！」

譲介に促されても帝一は弾の点数をすぐには読み上げなかった。ここでもし負けていたらと思うと、恐ろしかった。それでも意を決して、勝ち負けをはっきりさせるために読み上げる。

「大鷹弾、九十五点！」

「赤場帝一、九十六点！」

帝一の拳に力がこもった。

「よし、よし、これでまたふりだしだ!! あと二科目!! 生きるか死ぬか! 勝負!!」

残り二科目で、大鷹弾との点差はゼロ。戦いは完全に拮抗《きっこう》している。

「大鷹弾なんか恐くないぞ!」

吼《ほ》える帝一に、譲介も呼応した。

「そうだ、恐れるな!! 日本一!」

「社会。大鷹弾、九十八点!」

譲介が低い声でうなった後、帝一の点数を読み上げる。

「赤場帝一……九十五点!」

衝撃を受けた帝一は、青ざめた。

「三点、ここにきての三点差は大きい……!」

思わず頭を抱えてうずくまる。刀の切っ先を喉元に突きつけられているに等しい、絶体絶命の状況だ。

「どうした。もうやめて、負けを認めるか?」

譲介に白旗を揚げることを迫られ、帝一の闘志に再び火がつく。

「負けるなんて言葉、帝一の辞書にはありません!」

「そうだ、その意気だ。最終科目、理科!」

帝一は祈るような気持ちで大鷹弾の答案用紙を恐る恐る引っ張り出した。ここで弾が満点をたたき出していたら、勝負は終わりだ。

「大鷹弾、九十五点！」

敵の戦果を読み上げて、審判のときを待つ。譲介が帝一の答案用紙を確認するのは一瞬の出来事だったが、帝一は永遠のように長く感じた。

「赤場帝一……百点満点！」

奇跡の大逆転勝利に、帝一の頭の中は真っ白になった。望み少ない勝利をもぎ取った快感に酔いしれ、恍惚として震えた。

「やっぱり僕は生徒会長にふさわしいんだ。はは、やったぞ、やった！　わずかな差が生死を分かつこともあるんだ!!　やった……僕の国は……守られた……」

「大鷹弾、四百八十四点。帝一、四百八十六点。非公式だが二点差でお前の勝ちだ」

譲介は、声を出して笑った。

帝一の傷ついたプライドは回復し、さっきまであんなに弾を恐れていたことが馬鹿馬鹿しく思えた。

「帝一、勝ってどう思った？」

「僕は勝つことでしか生きていけないと思いました!!　負け犬にだけはなりたくありません」

「馬鹿者！」

譲介は目を見開き、鬼のような表情で帝一の頬を叩いた。

倒れた帝一は呆《ほう》けた顔で譲介を見返した。

「お前はこれから犬にならなくてはならない！　二年のルーム長のなかから次の会長になる男を見定め、そいつの犬になることだ。これからお前は犬だ。犬になれ！　そして負け犬ではなく、勝ち犬になるのだ！」

「勝ち……犬……」

譲介の謎めいた言葉を、帝一は心に深く刻んだ。

【第三章】

生徒会

海帝《かいてい》高校生徒会本部の決定事項を運営する会を評議会と呼ぶ。評議会は一、二年のルーム長、副ルーム長、それに各部活・委員会の代表、計六十名で構成されている。生徒会長はこの評議会での投票によって選出される。

新たに一年生のルーム長・副ルーム長が選出されたのを受けて、評議会が招集された。評議会を仕切るのは生徒会長の堂山圭吾《どうやまけいご》を中心とした、副会長二名、書記、会計の五人で構成される本部役員たちだ。

「起立！　礼！」

生徒会副会長の宝来繁蔵《ほうらいしげぞう》の号令で、評議会員たちが一斉に立ち上がって礼をする。その号令には彼らを一斉に動かすだけの力と張りが備わっていた。宝来ともう一人の副会長、古賀平八郎《こがへいはちろう》に挟まれ、真ん中にいるのが現生徒会長、堂山だ。彼こそが、現在海帝高校の頂点に立つ者であり、入学式で帝一《ていいち》に憧れの念と敬意を抱かせた男だ。

これから、ここが僕の主戦場になるんだ。

評議会本部室の中を帝一は感慨深く眺めた。配置された机は磨き抜かれて渋く輝き、生徒会の歴史を感じさせる。

堂山は、新たに加わった一年生の面々をゆっくりと眺めてから、口を開いた。

「本日は一年生初めての評議会参加ということで、一年のルーム長から一言ずつ新任の挨拶をしてもらう」

「一組、赤場《あかば》帝一」

「はい！」

古賀に呼ばれて勢いよく立ち上がった帝一は、心を落ち着かせるために咳払いしてから話し始めた。

「今、私はこれからの生徒会活動に参加できる喜びを心から感じています。しかし、あえてここで自分をアピールすることはしません。なぜなら、今後、行動をもってこの赤場帝一のすべてを表現していくからです。どうか、ご指導、ご鞭撻《べんたつ》のほどよろしくお願いいたします」

帝一の挨拶に対して、評議会員たちから自然と拍手が起きた。帝一は自分という人間を知らしめることができたという手応えを感じて席に着いた。

「次。二組、東郷菊馬《とうごうきくま》」

菊馬は評議員たち全員を見回して語りかけた。

「私には特技があります。それは情報収集能力です！　もし、お困りのことがございましたら、スッポンのようにくらいついて情報を集めてまいりますので、私を手足のように使ってください。決して損はさせません。東郷菊馬、東郷菊馬でした」

　まるで選挙演説のように名前を連呼して自己紹介を終えた菊馬には、いっそう大きな拍手が湧いた。光明《こうめい》が帝一に小声でささやく。

「使える男だって印象を上手く刷りこんだね」

「やるな」

　あえて自分の売りこみをしなかった帝一とは対極にある菊馬の自己紹介だったが、上級生たちへのアピールとしては効果があったと帝一も認めた。

　六組ルーム長、大鷹弾《おおたかだん》の挨拶は、帝一とも菊馬ともまったく違うものだった。名前を呼ばれると、大鷹は頭をかきながら立ち上がった。

「うす。俺はみんなほどの決意表明はないっていうか、まあやるからには学校を楽しくしたいな。頑張るぜ！」

　気負いなくしゃべる弾の挨拶は、あまり特徴がなく聴衆の気を引かなかったようで、拍手もまばらだ。

「あいつは雑魚《ざこ》だったな。勝負も僕が勝ったし」

　弾を見る帝一の視線は、先日とは打って変わって余裕のあるものになっている。外部試験での競争で勝ったことが、帝一に自信を取り戻させた。

「モンゴメリ作戦うまくいったんだ?」

「問題、手に入れられたよ。光明の作戦のおかげだ。ありがとう」

帝一が感謝をこめて微笑むと、光明もにっこり笑った。

クラブ活動の予算について生徒会長の堂山が報告を促した。

「今年度の部活動における概算要求の内訳を会計から報告する」

会計の二瓶純一《にへいじゅんいち》が資料の説明をすると、評議員たちは各部からの要求をまとめた資料に一斉に目を通し始めた。しかし、資料に目を通しつつも、帝一の頭の中は次期生徒会長候補が誰になるのかということで一杯だった。

「光明、『光帝《こうてい》ノート』を」

『光帝ノート』とは、帝一と光明が生徒会長を目指すための情報と戦略が詰まった極秘の作戦ノートだ。ファンシーなものが大好きな光明の趣味を反映して、ノートは丸文字とかわいらしい猫イラストで埋め尽くされている。光明の「光」と帝一の「帝」を取った響きのいいこの名前を二人はとても気に入っていた。帝一は、ノートに書き出された二年生のルーム長のプロフィールと本人を見比べた。

生徒会長は、本部役員を任命することができる他に、二年のルーム長のなかから次期生徒会長候補者三名を選出することができる。逆に言えば、三人の次期生徒会長候補に指名されなければ、選挙戦に入ることすらできないのだ。この仕組みによって、海帝高校の選挙戦は派閥や癒着といった権力闘争が生まれやすい構造になっていた。

——犬になれ！


譲介《じょうすけ》の言葉は、頬を張られた痛みとともに帝一の心に深く刻みこまれている。

「つまり、次の会長になる先輩を見極めて、帝一はその人のお気に入りになる」

「でないと僕が二年になった時、会長候補の三人にすらなれないってことだな」

光帝ノートで高評価であり、次期生徒会長候補に選ばれるであろう三人の顔を帝一は遠慮なくじっと見た。一人目は四組の本田《ほんだ》章太《しょうた》。典型的な政治家一族で生まれは申し分ない。その血筋だけで一定の人望を得ているが、本人はいたっておとなしい性格だ。

二人目は、五組の森園《もりぞの》億人《おくと》。海帝中学時代から現在まで常に成績が一位で、その頭脳は抜群だ。堂山会長と同じ将棋教室に通っていた幼馴染であり、小学校のときにプロ棋士を目指して夢破れた経験がある。生徒会の運営に関して助言をしているという噂もある。本田のような家柄という後ろ盾はないが、有力な候補の一人だ。

だが、光明の調査ではその二人より上をいく人物がいる。集まった評議会員のなかで、ひときわ目立つ容姿の生徒がいる。金色の長髪が似合う、美貌の持ち主だ。

その生徒は、氷室《ひむろ》ローランド。アメリカ人の親をもつ氷室は、他の海帝生とはまったく違う道をくぐりぬけてきた。

氷室の目立つ風貌は、この日本では攻撃の的《まと》となっていた。小学生のときにアメリカから日本に引っ越してきた氷室はそれに耐え、反撃する力を備えた。そして、中学時代には海帝生に目をつけてからんでくる連中に対して徹底的に戦い続け、いつしかついたあだ名が「金髪の狂犬」だ。

一年上の先輩だった氷室ローランドとその忠実な友達の駒光彦《こまみつひこ》の武勇伝を、帝一と光明は何度も目《ま》の当たりにしてきた。


「わたしたちは、海帝の氷室さんと駒さんにシメられました！」

氷室と駒に因縁をつけて返り討ちにあった連中が、神社の石段の上にパンツ一枚で泣きながら正座させられている。氷室の傍に立っている駒が怒鳴りつけた。

「もっとでかい声で！」

「わたしたちは！　海帝の氷室さんと！　駒さんに！　シメられました！」

氷室は冷たい目で土下座をする彼らを見下ろした。

「クズが。俺らはてっぺんに登る人間だぞ。邪魔するな」

氷室ローランドと駒光彦は海帝の生徒が絡まれたら必ず相手を返り討ちにする、頼もしい存在だった。いや、単に頼もしい以上の、触れたら切られること必至の危険な存在だった。高校に進学すると、その圧倒的な力は、暴力ではなく権力の頂点を目指すためのものにとって変わった。学力、行動力や人気、すべてにおいて他から抜きん出ている存在だ。

「堂山さんを生徒会長にするための票固めをした一番の功労者が氷室先輩か」

「うん、氷室先輩が次期会長の大本命だよ」

家柄の良さそのものの本田、線が細くメガネが似合う秀才然とした森園、かつて金髪の狂犬として恐れられ、現生徒会長の当選を後押しした氷室。この三人の誰の犬になるか。


迷いはまったくない。氷室さん……あなただ!!

僕は犬になる。氷室さんの忠実な犬に。


帝一は自分の主人になるべき男に熱い視線を送った。帝一の想いは向かいに座る氷室の足元に這い寄っていく。主人としてたたずむ氷室の足に帝一が口をつけるまであと一歩のところで、視線に感づいた氷室は、顔を上げた。帝一がじっと自分のことを見つめ、両方の拳を犬のように丸めて机にちょこんと並べている。

「ワン」

帝一は小さな声で犬のように吠えるまねをした。その忠誠心が伝わったのか、氷室はかすかに微笑んだ。

氷室さんがうなずいた!! きっと僕の気持ちが伝わったんだ!!

自分の思いが通じて、帝一は激しく照れた。

「すみません! 赤場君がよそ見して聞いてないみたいです」

菊馬が目ざとく帝一の様子に気づいて本部役員に告げ口をした。

「赤場帝一、今報告した事を復唱してみろ」

会計の二瓶に糾《ただ》されると、帝一はいま報告されていた予算の振り分けを完璧に暗唱し、さらに資料のプリントミスまで指摘してみせた。評議会から感嘆の声があがった。

「やるな、あの七三」

氷室と駒も顔を見合わせた。

「チッ」

菊馬は帝一の評価を落とすのに失敗し、舌打ちをした。帝一が一瞬、菊馬に対して勝ち誇った視線を送った。

予算についての報告が終了し、次の議題に移った。この重要な議題については堂山から話があった。

「次は、生徒総会についてだ。年一回開催されるこの総会の重要性については今更説明する必要もあるまい。この運営については毎年二年生に任せているのだが……」

「堂山会長」

氷室が発言の許可を求めた。

「総会の演出をやらせていただけませんか？」

堂山は鷹揚《おうよう》にうなずいた。氷室が申し出ることは想定内だった。

「他に立候補する者は？」

誰も手を挙げる者はいない。氷室が堂山の仕切る総会を演出することに誰も異論がなかったし、押しの強い氷室の立候補を邪魔するほどの気概がある者もいなかった。

「それでは氷室に任せる」

「ありがとうございます」

堂山の承認をもらった氷室は立ち上がった。

「新入生諸君、生徒総会とは堂山会長が全校生徒の前で委員会や部活動の予算承認を行う我々生徒会の大舞台であり、神聖なる儀式だ。そして君たちの初仕事の場でもある。言っておくが、各部所、失敗は断じて許されない！」

氷室は厳しい表情で新入生たちを威圧した。

「もし、万が一、生徒総会を失敗させるようなことがあれば、その者、架空切腹《かくうせつぷく》だ！」

その場がざわつき、お互い顔を見合わせている。

「その者は生徒会活動において死んだも同然、未来は断たれたと思っていい」

帝一は氷室の迫力を受けて、武者震いした。


その覚悟は当然できているさ!!

この生徒総会を必ずや成功させてみせる!!


帝一はすかさず立ち上がった。

「氷室先輩、校旗掲揚を僕に任せていただけませんか。氷室先輩のお力になりたいです」

抜け駆けされた菊馬が険しい目つきになった。

「赤場、なに勝手にアピールしてるんだ!」

「申し訳ございませんでした」

氷室に一喝され、帝一は頭を下げた。

「だが、そういう奴は嫌いじゃないぞ。お前に任せる」

「はい、ありがとうございます! 光栄です!」

帝一は真剣な表情でもう一度頭を下げた。

氷室さんへ僕の願いが通じた！　さっき視線を交わしてくれたのも好意的に思ってくれているからにちがいない。

評議会が終わると、菊馬が帝一とすれ違いざま、「調子に乗んなよ！」と耳元でささやいて去っていったが、最初の評議会で着実な一歩を踏み出せたという感触をつかんだ帝一は余裕の笑みを浮かべたままだ。

「見て、あれ」

光明が帝一を呼び止めた。菊馬が氷室と駒をつかまえてなにやら話しかけている。腰を低くして封筒を渡すと、そそくさと教室に向かった。

「いったい、何渡しているんだろう？」

帝一は菊馬の動きを目の当たりにして警戒心をさらに強めた。

やっぱり菊馬も氷室さんの下に入ろうとしてるんだ!!

氷室は駒と評議会本部室に残っていた。氷室は近い未来すわるべき会長の席にゆっくり腰かけて、誰もいない評議会本部室を見下ろした。

「さて、一年の誰を俺の下につけようか」

「そうだな……一年の票固めを確実にしてくれる人物を選ばないとな」

帝一たちにとって誰の下につくかが次のステップへの大事な鍵になるのと同じく、誰を配下に入れ、一年の票をしっかり集められるかが二年の生徒会長候補にとって重要である。

「六組、大鷹弾。奴はなんというか未知数だ。会長になりたいという野望がないため一年の票固めには向いてない。が、カリスマ性と人望があるからその気になったら怖いぞ」

「なるほど……大鷹は敵の下についてはいけないというわけか……」

駒は自らが集めたデータを記したノートを片手にうなずいた。

「二組の東郷菊馬。副ルーム長の根津とともに学校中のあらゆる噂を集める情報の鬼だ。そして、目的のためなら手段を選ばない男だ」

氷室が先ほど菊馬から受け取った封筒を取り出した。開けてみると中には一年生の氏名と情報がびっしりと書きこまれていた。

「これは……！　一年生全員の個人情報だ。性格や弱点まで」

それは、菊馬が情報収集能力を誇っているのは伊達ではないことを証明するため、また会長選挙を見据えているという証に、氷室に対して捧げた大きな貢物だった。

「あの男、使えるな」

駒が感心した様子を見せた。

「そして、大本命は一組の赤場と榊原《さかきばら》。この二人はうちの派閥に絶対欲しい人物だ！」

「赤場はすでに僕のものだ。あいつは目で訴えてきたよ、僕の手足になると。いや、あれは犬の目だ。あいつは僕の犬になる！　あの目はそう訴えてる目だった！」

「可愛いもんだな」

「しかし、愛されてるねえ、俺」

氷室はにやりと笑った。氷室自身、自分が次の会長選挙で絶対的な優位に立っていることを自覚していた。

けれども、下級生をどう動かしてやろうかと企むその背には猫型の盗聴器がしっかりと貼りつけられていた。評議会本部の扉の外で張っている帝一と光明はずっと二人の会話を聞いていた。遠くない未来、帝一は氷室を巡って菊馬と一戦を交える予感がして、身を硬くした。


「ふーん。その氷室先輩のために働くことがそんなに大事なの？」

美美子《みみこ》には、評議会の話も、氷室の下につく帝一の決意のことも遠い世界のように感じられた。そんな美美子の想いをよそに、いろいろ教えたくてしかたがない帝一の、糸電話に向かって話す声は自然と大きくなった。

「ああ、誰の派閥に入ってるかで将来が大きく変わってくるからね。海帝の生徒会は、厳しい政治の世界だから」

「なんか難しいのね。それよりねえ、たまにはどこか遊びに行こうよ。クラシックのコンサートとか」

「そうだな。それより、すごくないか？　僕は明日の生徒総会で校旗掲揚という大役を氷室先輩から仰せつかっているんだよ。美美子も知ってるように校旗は海帝の誇りだからね」

帝一の口調が熱を帯びるほど、美美子はしらけてしまった。

「知らないし。私の話はうわの空なのね」

「そんなことない。とにかく今は足元を固める必要があるんだ」

帝一が苦しい戦いを戦っていることは十分に承知している。それを思うと、美美子はそれ以上帝一を責めることはできなかった。実際、美美子が感づいたように、帝一の頭の中は氷室への思いで一杯だった。夜空に浮かぶ美しい三日月に帝一は誓った。


忠誠こそが我が名誉！　失敗したなら架空切腹！

たとえ本当の切腹であろうと辞さない覚悟さ！

校旗掲揚の件は、帝一の周辺だけでなく菊馬の周辺にもさざ波を立てた。生徒総会当日の朝、自分の役目について父親の卯三郎《うさぶろう》に報告した菊馬は卯三郎から容赦ない罵声を浴びせられた。

「校旗掲揚を赤場の息子に譲ったのか？」

「すみません、父上。しかし、僕は照明係という大役を……」

「校旗掲揚といえば海帝の誇り！　赤場家なんざ私のケツ毛に絡まるティッシュだぞ！　ティッシュに負けるなんて許さんからな！」

菊馬は父親に向かって額が畳につくほど深く頭を下げた。

「鋭意、努力いたします。公衆の面前で帝一を架空切腹にしてやりますよ」

父親をちらりと見上げた菊馬の顔には、邪悪な笑みが浮かんでいた。

【第四章】

校旗掲揚

その日、体育館に全生徒が集結した。一学期の生徒総会では全校生徒によって部活動、委員会活動の予算承認が行われるが、予算案を無事通すため、大講堂ではなく音楽や照明を使用しやすい体育館で行われることが多かった。案を否決するには全校生徒の三分の二が反対しなければならないが、派手な演出のなかで発表される案に反対を表明するのは難しく、ここ近年の予算案はすべて可決の運びとなっていた。そのため、生徒総会は単なる儀式の場と化していた。今年その演出を仕切るのが氷室《ひむろ》だ。舞台裏では評議会員たちがそれぞれの準備に余念がない。生徒会長の堂山《どうやま》は、これから話す内容を暗唱している。

氷室の右腕、駒《こま》がスタッフとして配した生徒たちを見回りながら、インカムで指示を出す。

「弾《だん》、音楽のタイミング、ボリュームを確認しとけ」

「うぃっす」

弾は体育館の音響ブースからインカムを通して返事をした。氷室が指示を飛ばす。

「照明、徐々に下げろ。あと三分で開始」

「ハイッ、氷室先輩」

インカムから氷室の指示を受けた菊馬《きくま》は照明のスライドスイッチを慎重に下げていく。その作業を終えると、二四三《にしぞう》に目配せをした。

「わかってんよ」

二四三はうなずくと、舞台のほうを向いてずるそうな笑みを浮かべた。その舞台の裏には、校旗掲揚のために帝一《ていいち》が待機している。帝一は自分の役割の重要性をよくわかっていた。生徒総会の主役は舞台に立つ堂山で、その真後ろで海帝《かいてい》の象徴であり誇りである校旗を一定の速さで降ろし、校歌斉唱が最後のフレーズを迎えると同時に静止しなければならない。

「帝一、首尾は？」

「氷室先輩、完璧です」

帝一は、氷室の信頼を裏切ってはならないという強い思いで頭が一杯だ。

スポットライトが司会役の氷室に当たり、氷室の金髪がまばゆいほどに輝いた。氷室にとっても、この総会は仕切り役として、そして次期会長に一番近い候補として脚光を浴びる晴れ舞台だ。

「海帝高等学校第二百六十三回生徒総会を開会します!!」

「堂山圭吾《にいご》生徒会長、登壇！」

氷室の堂々とした声が体育館中に響いた。と同時に、菊馬が緊張した顔で照明スイッチを入れた。壇上がまばゆい光に照らされ、中央に立つ堂山に後光が射しているように見えた。

「校歌斉唱、校旗掲揚！」

駒がすかさず指示を飛ばす。

「弾、音楽だ！　遅れてるっ」

駒の指示と同時に校歌が鳴り響く。それは、帝一への合図でもある。帝一は数を数えてリズムを刻みながら、練習した通りに旗を吊るしているワイヤー巻き上げ機のハンドルを回した。

「一……二……三……四……五……」

旗はよどみなく舞台の上方から降りてくる。帝一は作業に集中した。

「二十八……二十九……三十」

校歌斉唱がクライマックスを迎えたとき、校旗は見事に登壇した堂山生徒会長の頭上で静止した。校旗にスポットライトが当たり、全校生徒が高らかに歌う校歌に合わせて、帝一をはじめ評議会メンバーも歌った。

「只今より生徒総会の開会を宣言する！」

堂山の開会宣言とともに、帝一は深く息を吐いた。

「よし」

氷室からインカムを通して指示が入った。

「赤場《あかば》、完璧だ。あとはスクリーンを使う中期計画報告時、一旦校旗を納めろ」

「了解です。卒業生ＯＢ登壇時にまた出して、閉会宣言の後、校旗を納める、ですよね？」

駒がインカムに返事を入れた。

「そうだ、それまで巡回していろ」

「はい！」

体育館の後ろで警護を担当していた光明《こうめい》は帝一の成功を心から喜んだ。

「やったね、帝一」

光明は舞台裏から出てきた帝一に片手で小さくガッツポーズをした。

「二四三」

菊馬があごで合図すると、二四三は短い笑い声を残して照明ブースからこっそり脱《ぬ》け出《だ》した。

隣の音響ブースにいた弾が、その動きを不審な目で見た。

舞台上では堂山がバレー部の予算を一割減とする理由を述べていた。帝一の仕事に満足した光明が堂山の勇姿に目をやったとき、校旗がほんのかすかに揺れた気がした。光明は慌てて手作りのスコープをかけ、ズームして校旗を凝視した。校旗の揺れがはっきり見えた。

「帝一、帝一、聞こえる？」

インカムに呼びかけると、すぐに駒が叱った。

「こら、個人的な連絡でインカムを使うな。指示を出せるのは氷室と俺だ」

「はい、すみません」

そのやりとりに気づいた帝一は光明を探した。お互いに見つけ合うと、光明は手話で帝一に意思を伝えた。

「――『旗の様子がおかしい』?」

光明の胸騒ぎが帝一に伝染した。


何かが上で起きている。

そう確信した帝一は巡回に出るふりをして、舞台の上方にある足場へと急いだ。体育館の舞台裏にある階段を上り、照明用の足場に乗った。すると、校旗を吊るしているあたりに人影が見えた。

誰だ――!?

総会の最中なので、声をあげられない。そっとその人影に近づいた。暗い足場にうずくまって校旗の綱をいじっているのは、二四三だ。二四三の手には糸ノコがある。

「二四三!　何してるんだよ!?」

帝一に気づくと、二四三は猿のように身軽な動作で逃げていった。

「待て!」

追いかけようとした帝一の足が止まった。下からの光がワイヤーを照らしたのが目に入った。

帝一の目の前でワイヤーがほつれていき、一本、また一本と繊維がブチブチ音を立てて千切《ちぎ》れていく。重力に誘われ、校旗が落下運動に入った。

不安に思いながら見守っていた光明には、校旗が一瞬風にあおられたようにふくらむのが見えた。あっと声をあげそうになったが、こらえた。

——何？　一体何が起こってるの!?

校旗は再び落ち着いて体育館の壁に張りついたように見えた。

そのとき、帝一は絶体絶命の危機を迎えていた。千切れた二本のワイヤーを両手で辛《かろ》うじてつかみ、校旗が落ちるのを阻止したまではいいが、校旗はこのままの状態で見せ続けなければならない。


おおおおお重い……！　こんなに重いものなのか!!

くそおおおお菊馬めぇぇ！

なんとしても、この校旗死守してみせる!!


「おやおや」

「菊馬!!」

「しぶてぇ奴だなぁ」

最悪のタイミングで、最悪の人間が現れた。

「来るな」

菊馬は帝一の制止を嬉しそうに無視すると、まるで踊っているかのような軽やかな足取りで近づいてくる。

「ここで校旗を落としたら、どうなっちゃうかな？　海帝の誇りを地べたに落とした最初の海帝生として歴史に名を残すぜ」

「やめろ、近づくな！」

「なんか、大変そうだな。この校旗は厚手の布地に金糸銀糸で丹念に刺繍がほどこしてあって約十キロの重さがあるんだよ」

菊馬は両手に校旗のワイヤーを握っている帝一の背後に回ると、耳元でささやいた。

「よろちくび！」

菊馬の指が帝一の乳首を正確にとらえた。

「うぐっ！　ううううおおおああ」

それでも帝一は目を剝《む》き汗だくになって痛みをこらえ続けた。

「やるじゃやねえか。これはどうかな。高速くすぐりオン！　お客様、かゆいところはございませんかー？」

菊馬は即座にくすぐり攻撃に切り替え、帝一のわきをすさまじい勢いでくすぐり始めた。その絶え間なくなめらかに動く菊馬の指さばきに、両手を校旗に奪われた帝一はなすすべもなく笑いだした。

「今、僕が校旗を落としたらお前も責任を問われるぞ!!」

「それはどうかな？　お前がワイヤーの点検を怠ったため切れた！　俺はたまたまそれを目撃していたということだ!!」

「生徒総会を成功させる……それこそ氷室さんのためじゃないか!!」

「俺はどんな手を使ってでもお前を失墜させる！　俺だけが氷室さんのお気に入りになればいいんだよ!!」

「臭う……腐臭がする。お前は腐ってる!!」

「はっ、腐っても菊馬だぜ！」

引きつけを起こしたように息を乱す帝一の声なき笑いは舞台裏の闇に次々と吸いこまれていった。菊馬のくすぐり攻撃がさらに激化し、腕が震え、息を吸うこともできず、帝一の意識は遠のいていった。


もう無理だ……。

もう放してしまったほうが楽になれる……放して……切腹しよう……。

当方、滅亡。

帝一がすべてをあきらめたとき、耳に光明の声が届いた。

――帝一、帝一、帝一、頑張れ。頑張れ。頑張れ。頑張れ。神よ仏よ、帝一に力を……！

帝一のことを案じて祈っている光明の声がはっきりと聞こえた。それは地獄の中に唯一灯った明かりだ。帝一はいまいちど架空切腹《かくうせっぷく》を避けるために頭を回転させる。その結果、得た結論は――

不会無《ふえむ》の境地。

昔、父の譲介《じょうすけ》に教わった座禅による悟りの境地で、いまここにあらずという状態を表したものだ。帝一は心を静め、座禅の修行のつもりで意識を消し去っていく。体から力が抜け、震えが収まり、息をふーっと吐いた。

丹田《たんでん》に集中し、全校生徒の新鮮な生命エネルギーを……僕の中に……。

菊馬は帝一の異変に気づいた。帝一の震えが高まっていき、あとちょっとで限界点に達しようとする手応えを感じたのに、その波がすっと引いていき、くすぐりに対して反応がなくなってしまったのだ。このままでは校旗を落とさせることは叶わない。

「くそ！　なんでこんな安らかな顔なんだ!?」

苛立《いらだ》った菊馬は、いきなり強硬な手段に出た。帝一を突き落とそうと、ぎゅうぎゅう押してきた。

「突き落とす気か!!　こっ、これはいくら無になっても無理だ!!　やめろ菊馬、僕が怪我したらお前は犯罪者だぞ！」

忘我の状態から戻った帝一が、必死に訴えた。

「俺は助けようとしたっていうさ！」

「やめろ！　やめてくれ！」

「お前だけにには負けられねえんだよ！」

菊馬の足がギリギリと帝一を押し続ける。帝一はほとんど落ちそうになりながらも、かろうじて足場の手すりに顎を引っ掛けて耐えている。もう少しで帝一が力尽きようとするとき、力強い手が菊馬の襟首をつかんで帝一から引き離した。現れたのは大鷹《おおたか》弾だ。

「お、大鷹!!」

「何やってんだお前ら。菊馬、汚《きた》ねえ真似すんな」

あと一歩のところで目的を達成できなかった菊馬は弾をぎろっとにらんだ。

「くそ！」

弾の手を振り払うと、すべるように足場を渡って消えた。

「大丈夫か？　片方のワイヤー貸しな」

間一髪で救われた帝一は弾に校旗のワイヤーの一方を持ってもらい、校旗を引っこめる場面で力を合わせた。

「よし、エンディングの音楽だ、せーの！」

「一、二、三――」

帝一の掛け声に合わせて、帝一と弾は慎重に校旗を引き上げていった。


生徒総会は水面下で熾烈《しれつ》な戦いがあったものの表面的には順調に進行し、問題なく終了した。評議会の一年生たちは氷室と駒に呼ばれ、評議会本部室に集まった。

「みんな、ご苦労だった。堂山会長もご満悦だ。帝一、見事な校旗掲揚のタイミングだったぞ。よくやった」

氷室はそこまで話すと、帝一を抱きしめた。帝一は感激のあまり息を呑《の》んで固まった。帝一をほめた後、氷室は眉間に皺を寄せて突然語気を強めた。

「それにひきかえ、東郷、大鷹、お前らは自分の持ち場を離れていたらしいな」

菊馬はしまったという顔をした。

「それは……」

帝一が弁護しようとすると、弾がそれを遮って答えた。

「すいません、ションベンしてました」

氷室の手が弾の頰に飛んだ。続いて菊馬も頰を張られた。氷室の表情は、冷たい怒りに満ちていた。

「お前たちにはあまり期待するなってことか？」

菊馬は即座に頭を深く下げた。

「申し訳ありませんでした‼」

うろたえる菊馬の隣で弾は涼しい顔をしている。氷室が引きあげようと踵《きびす》を返すと、一年生の評議会員がさっと道をあけた。

帝一を追い落とすはずが、逆に氷室の怒りを買ってしまう結果となり、菊馬は臍《ほぞ》をかんだ。そしてこの悔しさを晴らすことを心に誓った。


氷室の総括の後、帝一は弾と光明に礼を言った。

「弾、光明、ありがとう」

帝一が神妙な表情で礼を言うと、光明がにっこりと笑って帝一の肩に頬を寄せた。

「よかった。無事でなにより」

「光明、苦しいとき、お前の声が聞こえたぞ」

「僕、なんにもできなくてごめんね」

「いや、証明できたじゃないか。僕らの心のつながりが」

帝一の顔をまぶしそうに見ていた光明が、その腕をとった。

「うわ、帝一の腕、パンパンだよ！」

二人の会話を聞いていた弾があきれて笑い飛ばした。

「おいおい二人のときにやってくれよ。でもさ、俺としては菊馬を告発してやりてえけどな。帝一が大事《おおごと》にしたくないならいいさ」

「すまない。お前が体罰を受けるなんて」

「いいのいいの。あそこまで怒ることないのにな」

叩かれた当人の弾がまるで他人事《ひとごと》のように言った。

「生徒会のことになると、みんな尋常じゃなくなるよな。お前さあ、そんなに生徒会長になりたいの？」

帝一はむっとして答える。

「悪いか？」

「悪かねーけどさ、俺が思ってた以上に海帝の生徒会って狂ってるんだな」

弾にしてみれば正直に感想を言っただけだったが、帝一は、自分のすべてを否定されているように感じられて仕方がなかった。ただ、弾が海帝高校内に渦巻く政治に興味がなく、理解できないだろうことは帝一には最初からわかっていたし、その興味のなさのお陰で菊馬の卑劣な行為を止めてくれたということは理解していた。

「弾、お前には大きな借りを作ってしまった」

「借りなんて言うなよ。友達だろ」

「そうはいかない、必ず返す」

帝一は真剣な顔で念を押した。帝一にとって、あくまで弾はライバルだ。帝一の意地を汲み取った弾は、笑って去っていった。

「ワン」

小さく帝一がつぶやいた。光明が振り返ると、帝一は今度ははっきり「ワン!」と吠えた。

「ワオオオオオン!!」

「どっ、どうしたの帝一!?」

氷室をめぐる闘いはまだ始まったばかりだが、今は『勝ち犬』の喜びを隠せない帝一だった。

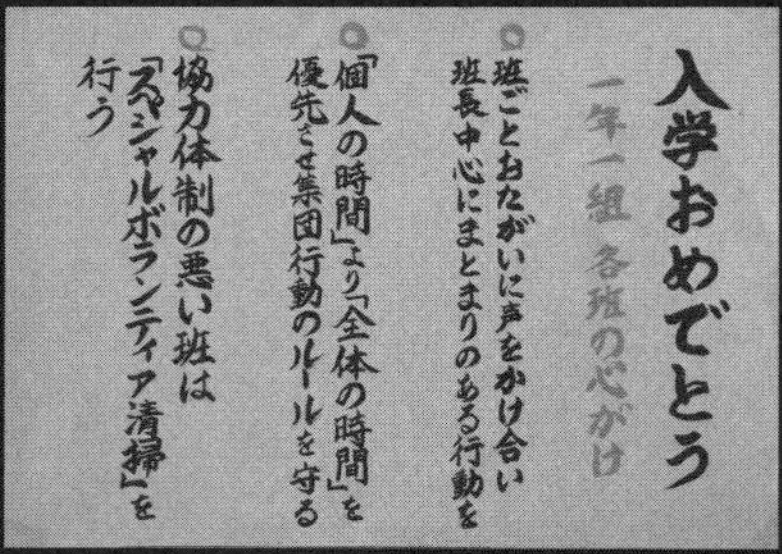
入学おめでとう
一年一組 各班の心がけ
◎班ごとおたがいに声をかけ合い班長中心にまとまりのある行動を
◎「個人の時間」より「全体の時間」を優先させ集団行動のルールを守る
◎協力体制の悪い班は「スペシャルボランティア清掃」を行う

五省
至誠に悖るなかりしか
言行に恥づるなかりしか
気力に缺くるなかりしか
努力に憾みなかりしか
不精に亘るなかりしか

映画『帝一の國』の美術・小道具(1)
“教室の貼紙やパネル”

第五章

開戦

十一月二日、運命の日がやってきた。
「只今より、評議会を始める！　今から次期生徒会長候補者三名を発表する!!」
評議会の全員が、堂山《どうやま》の次の言葉を固唾を飲んで待った。堂山はすでに心に決めた候補者三人それぞれのことを思い浮かべた。

――本田《ほんだ》は真面目で素直だ。とても人なつっこく、屈託のない笑顔で僕の用事を嬉しそうに引き受けてくれていた。億人《おくと》とは幼馴染。同じ将棋クラブで切磋琢磨した仲だ。子供の頃から非常に思慮深く、おとなしい奴だが、こと勝負となると人が変わる。二年で本気になったとき、一番怖いのは億人かもしれない。お前がもし生徒会長になったら、この学校にとっては有益なことだろう。そして、氷室《ひむろ》ローランド、愛すべき僕《しもべ》。今から一年半前、お前と初対面の朝、通学途中の道路でお前は僕の靴を舐めてきた。あの衝撃は忘れられない!!　お前は最高だ、氷室――。

二年のルーム長たちを今一度見回した堂山が口を開いた。

「まずは、本田章太《しょうた》、二人目は森園《もりぞの》億人、そして最後の一人は氷室ローランド、以上だ」

ついに、次期生徒会長候補者が堂山から発表された。帝一《ていいち》の戦いは、また新たな段階を迎えた。ここで次期生徒会長候補の当選に尽力して、次の座を狙う位置につかなければならない。

候補に指名された三人は、選挙公約を発表することになった。ここで初めて候補者たちの考え方が明らかになり、生徒会長選挙戦の火蓋が切って落とされる。

最初に選挙公約を発表したのは、本田だ。

「……すいません、あれ、なんだったっけ……」

消え入るような声で話し始めた本田は、ほとんど何も言えないまま公約発表を終えて席に着いた。

次に森園が居並ぶ評議会員を目の前にして語り始めた。いつものように落ち着いた語り口だ。

「僕は努力した者が報われるような学校にしようと思います。つまりは、能力主義で評価しようと思います。部活動においては文化系、運動系を問わず、前年度、好成績を残した部に対しては予算を増やしていくつもりです。しかし、成績が思わしくなかったとしても、現一年の能力を加味し、翌年度の可能性に対して『期待予算』を計上します」

「へぇ。いいじゃん」

弾《だん》が腕を組んで感心した。帝一にとっても、森園の案は予想以上のものだった。

「考えたな。それなら弱い部であっても優秀な一年生を入部させると予算が伸びる。ひいては成績も伸びていく」

どんな部でも予算を伸ばすチャンスを与える、という点で、弱小部活からの支持も拾える。森園の政治的な才能を垣間見た気がした。

森園はさらに続けた。

「それから、生徒会長選は指名制を撤廃し、立候補制にします。そして投票は全校生徒で行うものとします」

評議会員たちがいっせいにざわついた。

「なんだって？」

「本気か」

これまでの生徒会長選は、現生徒会長による指名と評議会員による投票、この二つのルールで成り立っていた。最初のルールによって、生徒会長は強大な権力を握ることになり、さらに二番目のルールによって、評議会内に派閥が自然とできあがり、現実の政界と見間違えるほどの闘争が発生していた。そのどちらもなくしてしまうという大胆な発想はさまざまな反応を呼び起こした。

もちろん、森園の公約は帝一にとっても衝撃だ。帝一も菊馬《きくま》と同じく、父親の代からこの派閥争いを演じてきた。その伝統を壊すことにはもちろん感情的な反発があったし、もし森園の公約が実現したら、自分が描いてきた生徒会長への道もまったく見えない状態になってしまう。

こつこつと築き上げたものがいっぺんにひっくり返されてしまう不安が頭をもたげた。

「すげえ、みんなにチャンスがあるんだ」

反発や驚きの声が渦巻くなか、弾は森園への共感を隠さなかった。海帝《かいてい》高校に渦巻く政争を好まない弾にとっては、森園の公約は陰謀渦巻く海帝の悪しき伝統を断ち切る、快刀のように思えた。

一方、その伝統こそが自分の生きる世界だと信じている菊馬にとっては、森園の公約は不愉快以外の何物でもなかった。

「派閥をなくすってか。机上の空論だ」

菊馬は森園を軽蔑の目で見た。

最後に公約発表に臨むのは氷室ローランドだ。氷室が立ち上がり、大きく息を吸って目を伏せた。

「わたしは躍動する肉体を愛する！」

一同、唖然として氷室の顔を見つめた。氷室を敬愛している帝一ですら、その第一声には驚き、真意をはかりかねた。氷室は真剣な表情で声を張り上げる。

「今までは限られた予算をすべての部に公平性を保って分配してきたが、それはもうやめようと思う！　来年度は運動部に対し、予算を大幅に増やすことを選挙公約とする！」

評議会員たちがどよめいた。これは一方的な運動部優遇策だ。文化系の代表たちにとっては当然、面白くない話だ。堂山が「静粛に。続けろ」と興奮した空気を静めた。

「学力は全国でも秀でているこの海帝高校を、スポーツにおいても全国にその名を轟かせようではないか！」

「うおおおお!!」

運動部の生徒たちから雄叫《おたけ》びがあがった。その反応に満足した氷室はかすかに笑った。自然に湧き起こった拍手を片手で制すと、厳しい表情に戻り、森園をにらみつけた。

「森園候補の完全民主化案は断固阻止する！　先ほどの公約、聞こえは良いが、行き過ぎた民主化は規律の混乱を招き、海帝の歴史、伝統までも壊しかねないからだ！　海帝を自分たちの代で勝手に変えることは後世に対して無責任である！」

運動部系を中心に多くの評議会員が立ち上がり、氷室に拍手を送った。その圧倒的な支持を氷室は鷹揚に受け止めた。


瞬殺!!

最初、氷室の言葉に戸惑った帝一も、その光景に鳥肌が立った。

氷室さんの犬になってよかった!!


「ねぇ、ちょっとこれ見て」

光明《こうめい》が光帝《こうてい》ノートを開いて、興奮をにじませている帝一に見せた。評議会員たちの勢力図だ。

「評議会員六十人の内、運動部十六人を確実に確保し、そこに氷室先輩と駒《こま》先輩の二票、帝一と僕、菊馬と二四三《にしぞう》の四票が加われば二十二票。逆に文化部の十票は、同じく文化部に所属する本田先輩と森園先輩で票を食い合う。つまり、この時点で優に十票以上の差がつく!」

光明の解説に、帝一がうなった。氷室の突飛な発言は、冷徹な計算に裏打ちされているものだった。

「……すごい、勝ったも同然」

「でも……文化部切り捨てて大丈夫なのかなぁ」

光明は氷室の策に一抹の不安を感じていた。


氷室有利の雰囲気が支配したまま、評議会が終了した。光明が帝一に話しかけようとしたとき、派手な音を立てて森園が転んだ。森園は鋭く振り返って、足をかけた帝一を見上げた。

「これは失礼、森園先輩。これからはせいぜい足元に気をつけてください。僕の足は意外と長いので」

「……ちゃんと下を見て歩くよ」

森園は、帝一を見ることなくそのまま立ち上がった。

「僕の働きで、氷室先輩を圧倒的大差で会長にしてみせるからな!」

森園の背中めがけて帝一は吠えた。そんな帝一を氷室は頼もしく見つめた。

弾が佐々木《ささき》と話しながら帰り支度をしているところに帝一が声をかけた。

「なぁ、よかったら一緒に氷室先輩を応援しないか? お前もわかってると思うが、氷室先輩が生徒会長になることはもう確実だ」

「ん? 政治とか興味ねぇしなぁ」

「自分だけは清廉潔白って顔して、本当は裏で森園票を固めようと動いてるんじゃないのか?」

「森園票? そういう政局事《せいきょくごと》に興味はない」

弾はいつもの通り、我関せずの態度を貫く。そんな弾の態度に帝一は苛立《いらだ》った。

「運動部にはよく顔を出してるだろ? だったら氷室先輩の公約に賛同できるはずだよ」

「運動部推しは票固めが目的だろ? 皆を公平に扱うって宣言した森園さんも捨てがたいし」

「森園先輩は、将棋でいったらただの『歩《ふ》』だよ」

「『歩』は敵陣に入ると『金《きん》』に変わります」

帝一が振り返ると、そこにはいないはずの森園が立っていた。

「僕は負けるよ」

「え？」

弾と帝一は、森園の顔を見た。森園はいつもの静かな表情で近づいてきた。

「さすが氷室君だよ。彼は確実に勝つ方法を考えたね。今の僕は、歩一人ですべての駒に向き合っているようなものだ」

「それは将棋じゃないっすね」

「そう、将棋じゃない。氷室君も同じこと。あれは単なる喧嘩。こんな状態でルールを守って戦うなんて無理だ。だから僕も喧嘩しようかなって思うんだ」

侮辱されても怒らず、絶対的に不利な状況でも静かに微笑む森園が、帝一には不気味だ。

「だから、待ってるんだよ。僕を守り、味方になってくれる大きな駒が来るのをね」

森園が会長選挙に前向きなことを弾は意外に思った。

「……つーか、森園さんも生徒会長になりたいんすか？　俺ここの生徒会って狂ってると思うけど」

「僕もそう思う。でもね、安全なところから叫んでてもなにひとつ声は届かない。流れを変えるなら敵陣に踏みこまないと」

「そうですね」

弾は少し考えてから相槌《あいづち》を打った。

「正直、会長にはなりたくないよ。めんどくさいし……。でも指名されたから。僕はね、勝負には絶対負けたくないんだよ」

「闘争本能ってやつですかね?」

「男の子だからね」

森園はにっこり笑った。


選挙戦がスタートすると、学内は一気に選挙色に染められた。氷室派は鉢巻を締めてタスキをかけた生徒たちが自分たちの候補の売りこみを懸命に行った。数か所設置されている掲示板には、三人の候補者の選挙ポスターが並んで貼られている。なかでも「私は躍動する肉体を愛する」という文句とともに微笑んでいる氷室のポスターは強烈な印象だ。

氷室と駒《こま》は二年生を中心に声をかけていき、自分への支持を確実にするために地盤を固めていた。評議会員以外の生徒は直接投票することはないものの、それぞれ部活や委員会に属しているので、彼ら一般の生徒たちの意見を取りこむことも氷室の絶対的優位を構築するためには重要だ。

帝一と光明ら氷室派の面々は、出たばかりの海帝新聞を手にして、生徒間での候補者支持率を尋ねたアンケート結果をチェックした。氷室の支持率五六％に対し、森園一〇％、本田六％との調査結果が記されている。圧倒的に氷室有利だ。

「やった！」

帝一は拳を振り上げて喜んだ。

評議会での公約を皮切りに、氷室は着々と生徒会長への道を歩んでいる。駒を引き連れて校舎の中を闊歩《かつぽ》する氷室には、すでに次期生徒会長の貫禄がある。

帝一の思惑通りに進んでいたはずの生徒会長選挙に暗雲が垂れこめてきたのは、意外な方角からだった。

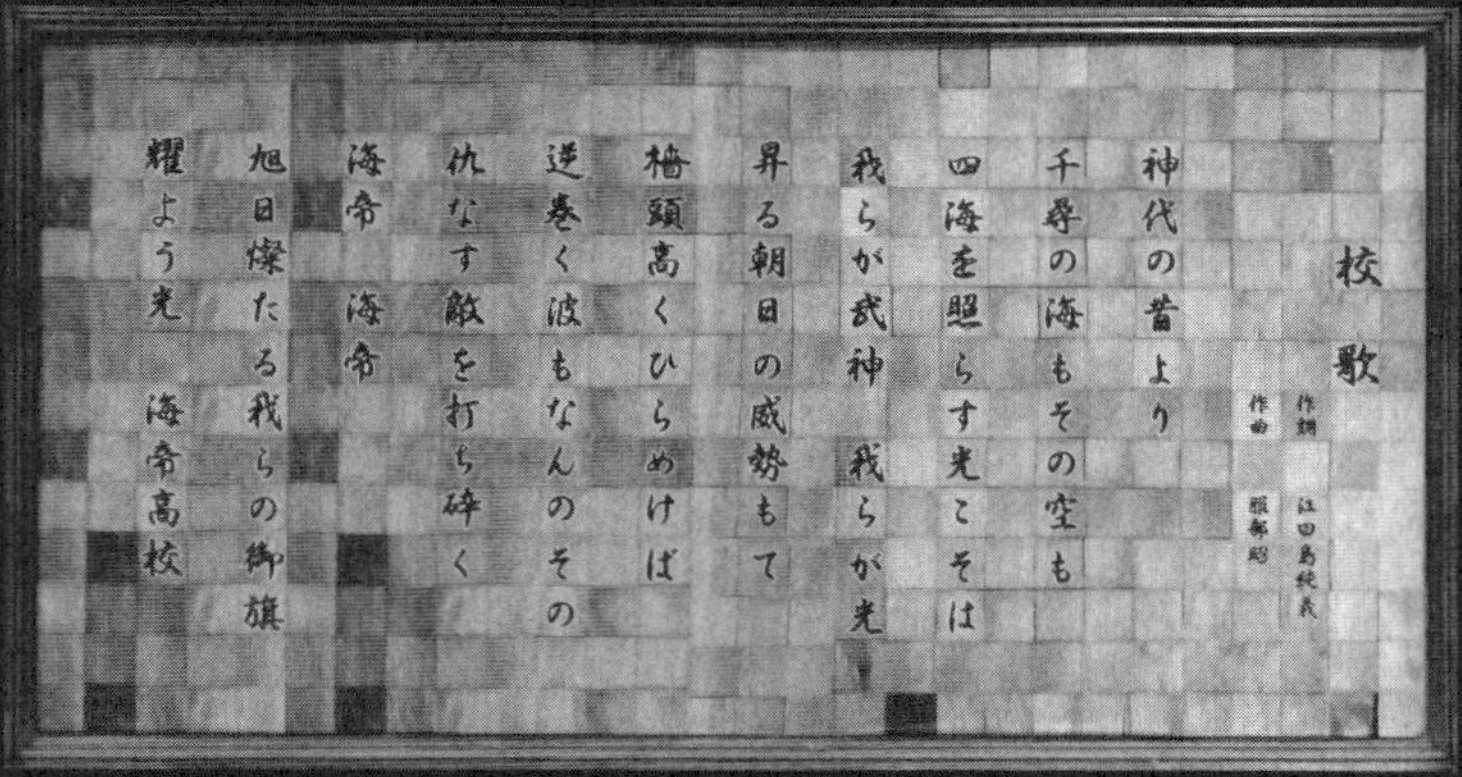

映画『帝一の國』の美術・小道具（2）
“海帝高校校歌”

【第六章】

祭と裸と喧嘩

秋も深まり、海帝《かいてい》高校年一回の祭り、海帝祭《かいていさい》の季節がやってきた。長年、生徒会が責任を持って祭り全体を仕切ってきた。そのなかでも開会式と閉会式の演出は祭りを盛り上げる重要な仕事だ。氷室《ひむろ》に呼び出された帝一《ていいち》と光明《こうめい》、そして菊馬《きくま》と二四三《にしぞう》は、身じろぎもせず十一月に開催される海帝祭についての通達を聞いた。

「今年の海帝祭は、堂山《どうやま》会長より『日本の美』というテーマをいただいた。この開会式の演出を、赤場《あかば》に任せる！」

帝一と光明が大きく返事をすると、続いて氷室は閉会式を菊馬に任せた。帝一と菊馬は二人とも目から火花を散らして、どちらが最高の演出をするか闘うことを誓った。

通商産業省の敷地の一角に、事務次官を務める赤場譲介《じょうすけ》がやってきた。赤場を待っていたのは、現職の大臣であり、譲介が学生時代から知り尽くしている東郷卯三郎《とうごううさぶろう》だ。高校時代のライバルが、大臣と事務方のトップという立場に分かれて対峙した。

「話ってなんだ？　東郷……大臣」

「おいおい、赤場。同期でも私は大臣だぞ。敬語を使え」

卯三郎は不快感をにじませた。

「そんな嫌味を言いたいために、わざわざ呼び出したのか？」

譲介があきれて苦笑すると、卯三郎もつられて笑った。学生時代からのライバルにこうして歴然と差をつけていることは愉快だった。

「お前が進めている日本車優遇措置法《そちほう》は内外で異論の声が大きいのは知っているな？」

「ああ。しかしこれは前大臣、田伏《たぶせ》総理たっての頼みだった。そしてお前が米国車メーカーに肩入れしているのも知っている。賄賂《わいろ》をもらっているのもな」

卯三郎がカッとなって怒鳴った。

「敬語を使え！　アホ総理の言うことなんか知ったことか！　次期総理は俺だぞ。どっちに尻尾を振ったほうが利口なのか、それくらいお前の頭でもわかるだろ？」

地位の差を利用して屈服させようとする卯三郎の顔は、実に醜いものだった。だが、それにはっきりと抵抗できない自分のことを譲介は情けなく思った。


その日、譲介は帝一と一緒に銭湯に行った。脱衣所で風呂上がりのフルーツ牛乳を味わっている帝一に声をかけた。

「会長選はどうだ？」

「順調な滑り出しです。もうじき海帝祭があって開会式の演出を命じられたので、絶対成功させないと……投票にも響いてきますよね？」

「一票差だった……会長にさえなっていれば……」

譲介は帝一の話を遮るように、重く言葉を吐いた。

「えっ？」

「私は一票差で東郷に負けた。しかし、それが一生を左右するんだ！　敗れた者がどれほど惨《みじ》めになるか!!　そしてその関係は一生を支配するんだ!!　忘れるな」

譲介の言葉には、今日卯三郎から受けた屈辱がこめられていた。帝一はそんなやりとりが裏にあるとは知らないまま、譲介に頭を下げた。

「ご指導ありがとうございます！　一票の重み、痛感しました。氷室《ひむろ》先輩の靴まで舐めるつもりで頑張ります」

帝一は恥じることなく言い切った。実際、氷室の靴を舐めるイメージトレーニングは怠らないし、なんなら、犬として首輪をつけられることも辞さないくらいの意気ごみだ。


僕は靴を舐めて勝つ。

つまらない体面やプライドを捨てる覚悟はいつでもあった。

譲介が眉間にしわを寄せ、帝一の顔をまじまじと見た。

「氷室？」

「氷室ローランド先輩。僕のボスです。次期生徒会長になるのは間違いありません」

屈託なく話す帝一の頭上に暗雲が垂れこめているのに気づいた譲介は、我が息子の行く先に待ち構えている困難に思いを馳《は》せた。


同じ日、東郷家でも親子の会話が交わされていた。菊馬が生徒会長への道を順調に進んでいるのか、赤場譲介の息子に後《おく》れを取っていないか、卯三郎は気になって仕方がなかった。菊馬は近況を尋ねられると決まったばかりの海帝祭のことを話した。

「父上、海帝祭では閉会式の演出を仰せつかりました。今年は『日本美』をテーマにするので、祭の最後を締めくくる、華やかな演出を考えています。ちょうどいいものを思いつきまして」

「なんだ？」

「花火です。つきまして、お願いが……」

「よし、知り合いの花火職人を手配してやる」

菊馬は卯三郎に向かって頭を下げた。

「それは、氷室先輩もさぞかし喜ぶでしょう」

「氷室?」

「今回の海帝祭演出を仕切っているのが氷室ローランド先輩という二年生で、次期生徒会長の最有力候補です。もちろん私も氷室先輩についていくつもりです」

「『氷室』か……」

卯三郎は意地の悪い笑みを浮かべた。その笑い方は菊馬によく似ていた。


それからの一か月というもの、生徒会はもちろん、全校生徒が海帝祭の準備に追われた。帝一と菊馬は特に忙しく、最高の式典にしようと躍起になった。菊馬に至っては、秘密裏に企画を進めていて、その内容は帝一はおろか氷室にさえ内緒にしていた。

そして、ついに入念に準備した年に一回の祭り、海帝祭が幕を開けた。学内は禁断の男子校に足を踏み入れる唯一のチャンスを心待ちにしていた女子学生たちであふれかえり、華やかな空気に満ちていた。校門には、祭りが大好きな弾《だん》がほぼ一人で作り上げた立派なアーチがかかっている。浮世絵と富士山が描かれたそのアーチをくぐって人がどんどん入ってくる。各部は活動費を稼ぐために屋台を出していて、祭りを賑やかなものにしていた。

その舞台裏で、帝一ら評議会のメンバーが開会式に備えて気合を入れていた。海帝祭の開会式および閉会式は、祭りを仕切る生徒会が毎年趣向を凝らした演出が評判となっており、今年は帝一と菊馬の腕の見せ所であった。

「では只今より、海帝祭開会式を始めます！」

体育館に集まった海帝生も外部の人たちも期待に胸を膨らませてざわめいた。氷室からの宿題に対して帝一が出した答えがいよいよ披露される。


照明が落ち、舞台が闇に沈む。

カッと照明が灯り、一瞬上から降り注ぐ光に照らされた男たちの裸身が浮かび上がる。

「これより！　海帝祭！　開幕！」

照明がまばゆいほどに明るくなる。

「やぁ！」

男子高校生たちの気迫あふれる声とともに、太鼓の音が一斉に轟《とどろ》いた。

「裸太鼓だ!!」

「ふっ、ふんどし!?」

舞台上で懸命に和太鼓を打ち鳴らしているのは、そろいの真っ白なふんどし姿の海帝生たちだ。バチを振り上げるたびに肩と背中の筋肉が盛り上がる。上からの照明が筋肉の陰影を強調し、まだ伸び盛りの高校生たちの肉体を立派に見せた。

女子学生からは悲鳴に近い歓声があがった。とりわけ背が高く、喧嘩で鍛えた肉体を誇る氷室は最も目立っていた。その脇を固める運動部長たちも、日ごろの練習で磨き上げた肉体を誇示した。太鼓の原始的なリズムが、聞く者だけでなく太鼓を打つ者たちの心を高揚させる。汗を滴《したた》らせながら、海帝評議会のメンバーが一心不乱に太鼓を叩くなか、帝一もまたふんどし姿で太鼓を叩きながらほくそ笑んだ。

よし、狙い通りだ！

帝一の演出には三つの目的があった。一つは堂山《どうやま》の「日本の美」のテーマを実現すること。これを満たすのは最低限であり、帝一にはさらに狙いがあった。二つ目は、氷室を目立たせること。氷室は喧嘩に勝つため肉体を鍛え続けていて、今でも運動部員たちに見劣りしない、むしろ優っているくらいの肉体を維持している。その氷室がふんどし姿になって躍動する姿を、海帝祭にやってくる客や女子学生たちが喜ばないはずがない。大評判を取ることで氷室への忠誠心を目に見える形で示そうと狙ったのだ。

三つ目の目的は、選挙戦を見据えてのものだ。運動部長たちと練習を重ね、体を動かすことで一体感が生まれ、運動部長たちの氷室支持を磐石《ばんじゃく》のものにしようと帝一は目論んでいた。特に今回の演目は、演奏の途中でフォーメーションを何度も変える高度な演出で、かなりの練習が必要だった。この演目によって運動部系重視という政策を見た目にわかりやすく訴えることができるし、運動部の魅力を全校生徒に刷りこめる。

菊馬はミスをしないよう必死に太鼓を叩きながらも、帝一の演出がうまくいっていることに腹を立てていた。

――七三分けめ、いい気になるなよ！

タイミングを見計らって、向きを変える際に隣の帝一に蹴りを入れた。

「くらえっ！」

「なにするんだ、この腐れメガネ！」

帝一も負けずに太鼓を叩きながら蹴り返す。

会場が息苦しいほどの熱気に包まれる。氷室はこの熱気が自分を包みこみ、生徒会長選挙の大本命として突っ走っていることを実感した。

開会式は華やかに成功し、幸先《さいさき》良く始まった海帝祭の会場はどこもにぎわいを見せていた。運動部が出している食べ物の屋台には、陸上部のうどん、ボクシング部のチョコバナナなど、それぞれの部の伝統の味を打ち出し、野球部の焼きそばは「目指せ！　味の甲子園《こうしえん》」と看板まで工夫をしていた。女子学生がたくさん押しかけているなか、氷室が巡回をしていると、野球部の部長から声がかかった。

「すげぇよ、氷室!! お前たちが盛り上げてくれたお陰で大盛況だよ」

「だったら票のほうも頼むぞ」

野球部の部長は大きくうなずいた。

「わかってるわかってる、任せとけって!」

「頼りにしてるからな!」

氷室が歩いていると、女子学生が次々と感嘆の声を上げた。

「あの人、かっこいい!」

「さっきの太鼓の人じゃない!?」

「すごい美形!」

自分を讃える声を左右から浴びながら闊歩《かっぽ》していく氷室は、まるで自分の王国にいる気分だった。自分を讃える民を見下ろしながら鷹揚にふるまう王、氷室。そこはまさに氷室の王国「ヒムローランド」だ。

氷室が日本に来たとき、同級生に馬鹿にされてつけられた屈辱的なあだ名「ヒムローランド」、それが氷室の願望を詰めこんだ形で現実になりつつあった。

校内を巡回している氷室は、ちょうど出くわした帝一を褒めた。

「帝一、開会式の演出、最高だったぞ」

「ありがとうございます」

帝一はかしこまって頭を下げた。

「おかげで運動部の支持は確固たるものにできそうだ。あとは浮動票をどう取りこむか……」

氷室は厳しい表情で先を見据えた。まだまだ貪欲に支持を伸ばそうとする氷室のことを、帝一は頼もしく見つめた。

「氷室政権になったあかつきには、生徒会の重要ポストを約束すると誘ってはどうでしょうか」

帝一の提案に対して、駒《こま》が異論を挟んだ。

「けど、全員が重要ポストにつけるわけじゃないだろ」

「目的は票固めですよね？」

氷室も帝一の案をいぶかしんだ。

「だますのか？」

「だますわけじゃないです。実現が困難な約束をするだけです。当選するためなら、僕はなんだってやる覚悟です！」

熱くなっている帝一に駒が突っかかる。

「お前の選挙じゃないだろ」

駒と帝一が険悪な雰囲気になったところを氷室が割って入った。

「喧嘩するな。ところで、大鷹《おおたか》弾のほうはどうなった？」

「弾？　弾がなにか？」

弾の名前を聞いて、帝一は険しい顔をした。

「ああいう人望のある奴はぜひとも派閥に入れたい」

「氷室、菊馬の情報が役に立つんじゃないか？」

駒が菊馬から受け取った一年生の情報を渡そうとすると、帝一がそれを遮った。

「僕は！　弾の家に行きました。さらに詳しい情報をお教えします」


運動部が華々しく注目されるそばで、文化部もその存在を最大限にアピールしていた。文芸部では詩集や部誌を販売していて、他校からもファンが駆けつけた。校内を練り歩くブラスバンド『海帝楽団』は都内屈指の吹奏楽団として名を轟かせていた。演劇部の演目は高校生演劇コンクールで金賞を受賞したもので、観客の涙を誘う密度の濃い内容だった。他にも写真部、美術部による展示会、公認の部以外のサークル活動の出店など、一日では回りきれないほどの催しが満載で、在校生も外部からの客もみな大いに海帝祭を楽しんだ。

校舎の屋上では、陽のあたるのんびりした雰囲気のなか、将棋部が青空将棋を開催していた。森園と弾が将棋を指していると、氷室と駒がやってきた。帝一と光明も後ろに控えている。

「大鷹、少しいいか？」

「氷室先輩」

弾は、氷室の様子が少し変なことに気づいた。いつも他人を寄せつけない孤高の雰囲気を持つ氷室が、優しい表情をしている。

「お前は亡くなった父親の残した多額の借金を抱えてるらしいな？　かわいそうに」

氷室は慈愛に満ちた声で語りかけた。思いがけない人物に家族の事情を知られて、弾は身を硬くした。

「それを返済するためにお前はバイトし、そのために母親は昼も夜も身を粉《こ》にして働いてるそうじゃないか？　お前が家事を担って幼い兄弟を育てているんだろ。その境遇に同情するよ」

「……誰からそれを？」

氷室はその質問には答えず、じっと弾の顔を見つめた。沈黙が支配し、氷室と弾の間に緊張が走る。氷室が先に口を開いた。

「僕の父が重役を務めるハリケーン・モーターズ社は世界の貧困者を救う財団を持っている。父が特別に君の救済を申請してくれるそうだ。だから……」

「だから自分に票を入れろって言うんですか？」

弾は氷室の言葉を遮った。いつも底抜けに明るい弾が珍しく苦悩の表情を見せた。

「なに難しい顔してるんだ？　お前と、副ルーム長の佐々木《ささき》の二票を僕に投じる。たったこれだけだ。簡単なことじゃないか。誰にとっても悪い話じゃない」

弾はただまっすぐ氷室の顔を見るだけで、なにも言わない。

見かねた帝一が横から口を挟んだ。

「弾、すごくいい話じゃないか？　次期生徒会長は氷室先輩だ。二人で応援しようよ。そして僕が次の生徒会長になる。そしたらお前を副会長にしてやる。副会長は有名私立の推薦をもらえるんだぞ」

弾が帝一を鋭く見返した。

「俺は何かと引き換えに投票するつもりはない、そして行きたい学校には自分の力で行く」

「かっこいいじゃないか。だが、僕には自分の言葉に酔っているようにしか見えないな。本気で言っているのだとしたら、お前はとんだお馬鹿さんだ！」

「それを馬鹿と言うなら、俺は馬鹿でいい」

「残念だな。やがてお前は、生徒会長になった僕とは口もきけなくなるぞ」

「帝一、俺はお前のことを友達だと思っていたんだがな。勘違いだったのか？」

「友達？　僕はそんなふうに思ったことは一度もない！」

帝一は意地になって言い返した。

「考えろよ、大鷹。俺の名前を書くだけでおふくろさんは楽になれる。親孝行してやりな」

氷室の言葉が弾をさらに揺さぶる。弾は苦しそうに顔を背《そむ》けた。

突然、弾の右拳が炸裂した。頬に不意打ちを食らった氷室が尻餅をついた。

「喧嘩だ！」

「氷室が一年に殴られたぞ！」

周りが騒然とするなか、弾は自分の拳をじっと見つめた。

「……俺は弱い人間だ。正直、甘い誘惑にぐらついた。だから、後戻りできないように殴ったんだ！」

弾の目に、迷いはない。

「決めた。俺は森園さんを生徒会長にする！　取引を持ちかけるあんたを会長になんかしたくねえ！」

「ぶっ殺すぞ、貴様!!」

氷室は喧嘩に明け暮れて「金髪の狂犬」と呼ばれた頃の血がたぎり、今にも弾に殴りかかりそうな勢いだ。

「上等だよ！　この喧嘩、受けて立つぜ！」

大声を出して応じた弾に向かって一歩踏み出した氷室を、駒が必死になって押さえつけた。

「みんなが見てる。ここで殴ったらおしまいだ」

駒の言葉で我に返った氷室は、腸《はらわた》が煮えくり返りながらも辛《かろ》うじて踏みとどまった。すべてはヒムロ－ランドのためだ。

選挙事務所としているボクシング部の部室に戻った氷室は、森園のポスターを貼ったサンドバッグをめちゃくちゃに打った。

海帝祭の開会式では、たしかに自分が主役に躍り出てその注目を一身に集めた。運動部代表との一体感も生まれ、何もかもが順風満帆だった。それが、最後の最後に大鷹弾の取りこみに失敗してしまったうえ、大勢の前で殴られるという失態まで演じた。そのことを思い返すたびに、自然と拳に力が入る。

ガラッと扉が開いた。入ってきたのは菊馬と二四三だ。

「氷室先輩。いいですか？」

「俺はすこぶる機嫌が悪い。出ていけ！」

「帝一のやつ、弾のことも挑発しやがったし、親子揃って氷室先輩の邪魔してるんだよなあ」

菊馬は中に入って扉を閉めた。拳を構えていた氷室が、動きを止めた。

「どういう意味だ？」

「氷室先輩のお父上は米国車メーカーの支社長でしたよね」

「……話を聞こう」

氷室は汗を手でぬぐい、鋭い目つきで菊馬をにらんだ。菊馬は腹の奥底で笑った。

——よし、食いついてきた！　これで帝一は終わりだ。

生徒会選挙戦を大きく揺るがす事件が起きたものの、海帝祭は大盛況のうちに終わった。菊馬が秘密裏に準備していた花火は夜空に大輪の花を咲かせ、開会式もあわせて海帝の歴史に残る名演出としてみなの記憶に刻まれた。

祭りの後には寂しさがつきものだ。しかし、帝一は寂しさなど感じている余裕はなかった。

自分が弾を説得できなかったことの責任を重く感じ、落ちこんでいた。

家に帰って譲介に呼ばれた帝一の報告は苦《にが》いものとなった。

「開会式の演出は大成功に終わりました。しかしその後、僕のせいで氷室先輩に恥をかかせてしまいました」

「帝一、その氷室だが。秘書に調べさせた」

帝一が顔を上げた。譲介は葉巻の煙をくゆらせながら、書類をテーブルに放《ほお》った。

「氷室ローランド、本名はローランド氷室＝レッドフォードだ。彼の父親は米国車最大メーカー、ハリケーン・モータース社の日本支社社長、スティーブ・レッドフォード。私とは犬猿の仲だ」

「なっ……犬猿の仲!?」

帝一は雷に打たれたような衝撃を受けた。

「私が進めた日本車優遇措置法のせいで、日本市場を席巻しようと莫大な資金を投入していたハリケーン・モーターズ社は大損害を被《こうむ》った。その全責任を取らされたのがレッドフォードだ。将来の本社社長候補だった奴は、私のせいで出世レースから脱落した。父親は私に強い憎悪の念を抱いている……」

帝一の顔はみるみる青ざめた。

「その息子は……もしかしたら……父親の仇を取りたい、かもしれない」

「もし、氷室先輩がそのことを知ったら……」

「お前は捨て犬になる」

帝一にとって、その言葉は死刑宣告に等しかった。ひたすら忠誠を尽くしてきた氷室から憎まれ、捨てられる運命にあるのを知り、早くもこれまでの出来事が走馬灯のように頭をよぎった。そして、半笑いで自分の運命を呪った。

「もう僕は終わった!! 帝一終了のお知らせだ!!」

帝一は片頬を引きつらせながら、その場で服を脱ぎ始めた。

「帝一？　お前、なに裸になってるんだ？」

譲介の問いかけを無視して、帝一はいざというときのために用意してあった白装束《しろしょうぞく》に袖を通した。

一度、架空切腹《かくうせっぷく》を覚悟した身。本物の切腹くらい、なんてことはない！

胸元を力いっぱい開き、短刀を手にしたところで譲介に蹴り倒された。

「このたわけ者！」

刀を奪われた帝一は力なく床に突っ伏した。

「来年、氷室先輩に指名されなければ死んだも同然です。僕はどうしても生徒会長にならなきゃいけないんだ！　僕の国を作らなければならないんです！」

帝一の悲壮な叫びを譲介は受け止めた。

「今は……切腹したいほど辛いだろう。しかし、お前はまだ負けたわけじゃない。まだ闘えるはずだ」

「もう無理です……会長候補に指名されなければ闘いようがありません」

「それでいいのだな？」

「いやです!!　楽しいだけの高校生活なんて僕にとって老後のようなものです!!」

「ならば、帝一、道はひとつしかない！」

帝一を怒鳴りつけた譲介の顔は、鬼のようだった。帝一は父親を見上げた。そして、そこに一筋の希望の光を見出していた。父親の示した「道」は極めて困難で修羅の道であったが、帝一にはそれが地獄に垂らされた蜘蛛《くも》の糸のように思えた。

「帝一いいいいっ！」

氷室の絶叫が帝一の耳に突き刺さった。光明の盗聴器で拾った音だ。盗聴器から流れる氷室と菊馬の会話を聞いている帝一の顔は暗い。

「絶対に許さん。雑巾のようにこき使って捨ててやる」

「それがいいと思います」

「菊馬、よくやった。お前を頼りにしているぞ。おいで、抱きしめてやる」

「いい……匂いがします……」

「俺の次の生徒会長は菊馬、お前だな」

光明は慌ててそこで再生を止めた。帝一が絶望してしまうのではないかと不安で、その暗い顔をじっと見つめた。帝一は空き教室の床をじっと見つめている。

「帝一……」

光明の心配をよそに、帝一はずっと黙っていた。やがて、静かに考えをめぐらせていたその顔から険しさが消えていった。実際、帝一の心はある方向に定まって、落ち着いていた。

「帝一、どうする？」

帝一の顔には強い決意が表れていた。

「決めたよ、光明。僕は修羅の道を行く」

一言一言に力強さがあった。

「それってまさか……」

「僕は氷室先輩に謀反《むほん》を起こす。僕は……森園先輩に寝返る!!」

氷室の忠犬はついに飼い主の手を噛む決意をした。昨晩、譲介から残された道を告げられたときにはまだ迷いがあった。忠誠を誓って尽くしてきた氷室を裏切ることなど想像もつかず、突然降って湧いた父親同士の因縁で引き離されることを受け入れられなかった。しかし、氷室の怒りの絶叫と、菊馬に会長の地位を約束する言葉を聞いて帝一の心は決まった。生徒会長を目指す帝一には、森園を支えるより他に道がなかった。

映画『帝一の國』の美術・小道具（３）
〝海帝祭のポスター／会場マップ〟

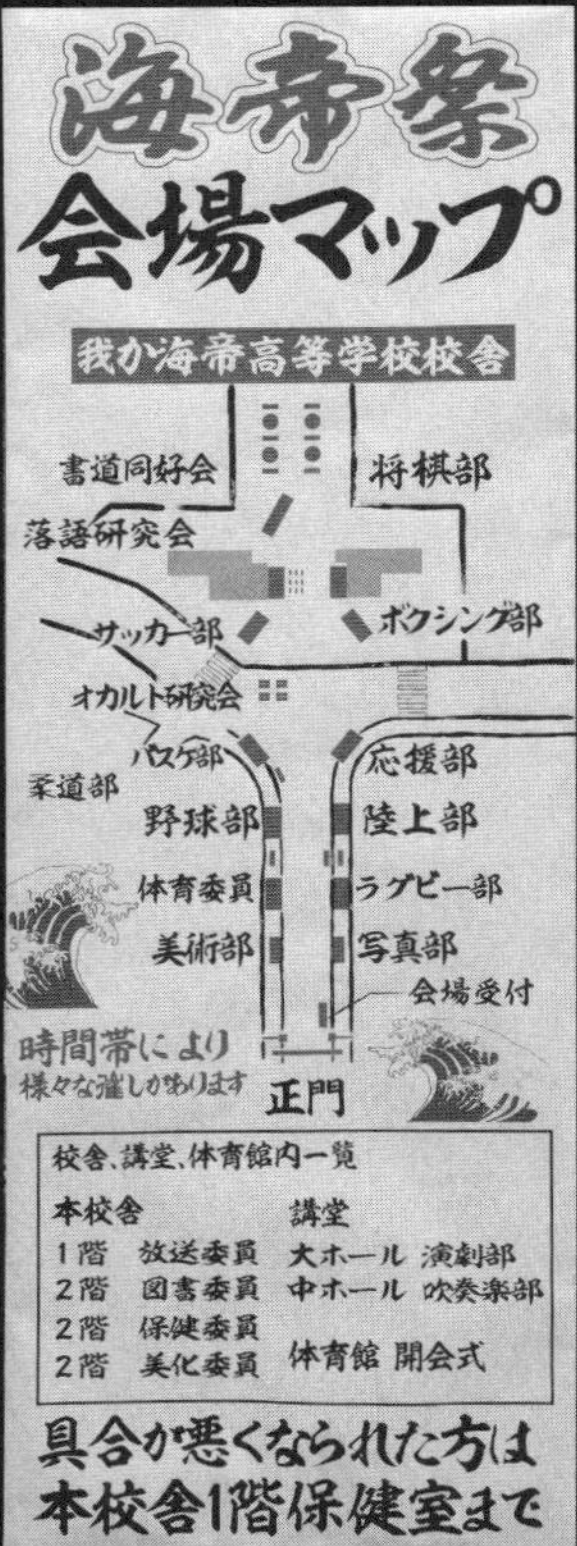

【第七章】

同盟対実弾

帝一《ていいち》は、森園《もりぞの》陣営が選挙活動の根城にしている将棋部部室に足を踏み入れた。中では、森園と弾《だん》が畳の上で将棋を指していた。

「なんだよ、俺たちに話って?」

弾の後ろで、森園やその側近の京田《きょうだ》、弾のクラスの副ルーム長、佐々木《ささき》が帝一をじっと見ている。帝一の出方を警戒して、双方の間に緊張が走った。

後がない帝一は、追い詰められた内心を悟られないように強気を装った。それは青天の霹靂《へきれき》とも言える路線変更にとまどいもせずついてきた光明《こうめい》によって、冷静に考えられた戦略でもあった。

「僕はずっと……氷室《ひむろ》先輩のことが嫌いだったんだ」

弾は、頭の中が疑問符だらけという表情で帝一のことを見ている。森園は驚きを表さず、じっくりと様子をうかがっていた。帝一は内心冷や汗ものだったが、いま一度気合いを入れて話を続けた。

「あの強行政治が来年の海帝《かいてい》を支配すると思うと背筋が凍るよ。もし、森園先輩が望むなら、僕も森園派に入ってやろう!」

弾は振り返って森園に小声で話した。

「氷室先輩とトラブったみたいっすね」

森園は表情を変えず、帝一に問いただした。

「つまり、造反してこちらに寝返るという戦略ですか？」

「いやあ、皆さんラッキーですよ。この僕を味方につけたら氷室派と戦える可能性が出てくるんですからね」

いつもの帝一のようにプライド高くいこう、というのが光明との作戦だった。この作戦が功を奏す確信はなかったが、もうこれしか道はないと腹をくくった帝一の精一杯の賭けだ。


もう後がないんだ！　来い……来い!!


「断るよ」

帝一の張り詰めていたテンションに一瞬で亀裂が入った。

「君一人が増えたところで、しょせん一票です。榊原《さかきばら》君と合わせても二票です。これでは氷室派との差は縮まりません。何か策があると？」

帝一は満を持して、とっておきの札を切る。

「光明！」

帝一に呼ばれた光明が候補者の一人、本田《ほんだ》と副ルーム長の山羽《やまは》喜《き》一郎《いちろう》を連れて入ってきた。

帝一は本田の横に並んだ。

「夕べ、寝ずに考えた僕の秘策はこれです」

帝一が胸を張って説明を始めようとしたところ、森園に阻まれた。

「僕と本田君が同盟を組んで戦えば、氷室君に勝てる余地があるというんですか？」

「その通り！……えっ？」

森園に先を越されて、帝一はすっかり気勢をそがれた。

「それなら昨日、弾君にアドバイスをもらいました」

「文化系の票を食い合うのではなく、億人《おくと》さんと本田章太《しょうた》先輩の同盟で対抗するんだ。名づけて『億章《おくしょう》同盟』！」

弾が自信ありげに披露すると、帝一がぎろっとにらんだ。

「いつ、この作戦を思いついたんだよ？」

「だから昨日……」

「昨日の何時何分何十秒だ？」

二人の間に森園が割って入って話を遮った。

「そこで競い合ってもしょうがないでしょう。それに、勝つために弾君のプライベートを告げ口するような人は信じられませんし。僕ね、結構負けず嫌いなんだ。前に、評議会で君に足を引っかけられたこと、実は相当根に持っていてね」

しまった――!!

帝一は心の中で崩れ落ちた。

「僕は、君の力を借りないで闘いたいですね」

万事休す!!

「俺は、賛成だな。このままじゃ、これ以上票を伸ばすのは難しいでしょ」

帝一は思ってもみなかった弾の助け舟に心底びっくりして、この成り行きをただ固唾を飲んで見守った。いままで二人のやりとりをじっと見守っていた本田が、勇気を振り絞って会話に加わった。

「僕もそう思うよ。帝一くんは強力な兵力になる。僕は票を食い合うくらいなら辞退して森園君を応援するよ」

「帝一は良くも悪くも真っ直ぐなんですよ。『香車《きょうしゃ》』みたいにこうと決めたら猪突猛進なんですよ」

弾は屈託なく帝一をほめた。

「海帝祭《かいていさい》であんな思いをさせたのに、僕をかばってくれるのか」

「お前は違うって言ったけれど、俺はお前を友達だと思ってる」

にわかに心を許せる帝一ではなかったが、今は人生最大の窮地を救われて素直に感謝の気持ちでいっぱいになった。

「なるほど、香車ですか。香車の君が、『ただの歩《ふ》』である僕を応援してくれるのですか？ならば、僕に足をかけたことを謝ってくれる？」

「はい……申し訳ありませんでした」

深々と頭を下げる帝一を森園は射るような目で見た。

「僕は手をついて転んだんですよ」

帝一は、迷わず膝を折って手をつき、額を畳に押しつけた。

「申し訳ございませんでした!!」

森園はその姿を興味深そうに見入った。帝一は、こんなこともあろうかと今日の朝百回ほど土下座を練習済みだった。

「こんな見事な土下座は初めて見ました」

「森園さん、ここまでしてんだから」

弾が取りなそうとすると、森園が笑った。

「冗談です、許しましょう。一緒に闘いましょう」

「はい！」

帝一は森園の許しをもらい、冷や汗を拭った。

そして森園と握手をすると、弾に向かって頭を下げた。

「弾、また借りができてしまったな」

弾は笑って帝一の言葉を受け流した。光明が満面の笑みを浮かべて拍手すると、本田と山羽もそれに続いた。そして全員が拍手の輪に加わり、ここに新しい森園派が誕生した。


帝一はさっそく氷室に決別状を書いた。氷室がいないときを見計らってボクシング部の扉の隙間からそっと滑りこませた。翌日、それを読んだ氷室は途中で怒りに震えだした。氷室の怒りは傍にいた菊馬《きくま》が恐れをなして距離を取るほど大きかった。

「敬愛する氷室先輩へ――」

氷室は最後まで読まずに手紙を破った。

氷室は冷たく笑った。その場に居合わせた者たちは皆、その笑いにぞっとして凍りついた。

「去る者は追わず、されど後ろから撃ち殺す。それが『ローランド法』だ！」

裏切り者は許さない。これが氷室の哲学だ。

帝一が翻《ひるがえ》した反旗は、生徒会長選挙に大波乱をもたらした。帝一の造反劇と億章同盟の結成によって、選挙の火炎は威力を増し、皆を巻きこんでいった。

職員室の黒板の勢力図もさっそく書き換えられ、黒岩《くろいわ》校長はじめ教師たちもその動向を見守った。氷室陣営も残りの票を死に物狂いで取る覚悟を新たにして、菊馬たちと士気を高めていた。候補が二人に絞られ、一騎打ちとなった生徒会長選は否応なく白熱し、生徒たちの間ではどちらが優勢なのかという話題で持ちきりだった。学内に設置されたモニターでは、森園と氷室の政見放送が繰り返し放映されていた。それぞれの陣営はまだ態度を決めていない評議会員の説得に力を入れた。菊馬と二四三《にしぞう》が生徒会幹部のポストをちらつかせて評議会員を釣ろうとするのを、帝一と弾が先回りして空約束に釣られてはならないと予防策を講じたりと、一進一退の攻防が続いた。

数日後の海帝新聞で、情勢調査が発表されていた。氷室と森園の差は縮まるどころか、氷室四十票、森園二十票とむしろ引き離されていた。億章同盟を結び、帝一たちが傘下に入ったことで、森園派は勢いづいた。さらなる追い上げを計って、票集めのため帝一や弾は自らの足で学校中を歩き回ったのにもかかわらず、この結果だ。将棋部部室に集まった森園派は、ため息を吐《つ》いた。

「おかしい……そんなはずはないのに」

説得工作が功を奏さないばかりか、取りこんだと思った票すら流れていて、帝一はがっかりした。森園はその調査をもう一度読み直し、首を傾げた。

「流れはこちらに来ているはずですがね……。氷室君は一体どんな説得工作をしてるんでしょうね？」

森園の言葉に弾は深く考えこんだ。生徒会のポストを約束するという手段は事前に封じた。他に氷室が使う強力な手はなんなのか。人は何に動かされるのか、何に執着するか——。

弾がある可能性に思いあたったとき、帝一が勢いよく扉を開けて入ってきた。

「わかった！　氷室派の策略が！」

帝一は森園たちの前で、新聞委員から聞いた話を伝えた。氷室は、切り捨てたはずの文化部にも予算増額を約束し、運動部にもさらなる増額を約束したという。

「そんな予算増額は不可能だ!!　一体どんなカラクリがあるんだ!?」

帝一が聞いてきた話では生々しいやりとりが交わされていることがわかった。予算増額の財源は「埋蔵金」だというのだ。

「埋蔵金？」

「僕も噂には聞いたことがあります。生徒会費にはプールがあり、不足したときはそこから引き出すことができるって」

森園の言葉にさまざまな反応が飛び交った。

「それってただの賄賂《わいろ》だろ」

「金にものを言わせるのかよ」

佐々木が「告発するか？」と提案するが、帝一にすぐ却下された。

「無駄だ！　どうせ菊馬の入れ知恵だ。証拠は残さない」

氷室のやり方に皆憤っていたが、森園は冷静だった。

「そもそも埋蔵金なんて本当にあるんでしょうか……？」


その頃、氷室たちは演劇部の部長、美山玉三郎《みやまたまさぶろう》の説得に乗り出していた。美山は女形《おやま》で、その演技力は学校外でも高く評価されている、将来有望な役者だ。部室で新作の時代劇の稽古中だった美山は、女物の着物姿のまま菊馬と氷室の話を聞いた。

「投票用紙に『氷室』と書くだけで、来年度の演劇部の予算を大幅にアップするんですよね、氷室先輩？」

菊馬が振り向くと、氷室は力強くうなずいた。

「予算アップしてくれるっていうのかい？」

「そうだ。なあ玉三郎、新しい衣装を揃えたいとは思わないか？」

「そりゃまぁ。でも財源はあるのかい？」

美山はしなを作った。

「埋蔵金ですよ。ここだけの話、生徒会は万が一のときのために金をプールしてるんです」

「埋蔵金ねえ……そんなものあったら嬉しいじゃないか。あればの話だけどね」

菊馬の話しぶりが美山を説得するには物足りないと知ると、氷室はポケットの中から札束を出した。

「これは俺からの個人的なプレゼントだと思ってくれ」

「あれ、あちきに？」

美山は驚いて、ちらりと札束を見やった。

「氷室、そこまでしなくても」

駒《こま》がたまりかねて口を挟むと、菊馬がすぐに反論した。

「袖の下ぐらい誰だって使ってますよ」

「お前に話してんじゃねえ」

駒は菊馬に対してにらみを利かせた。

「駒、お前のほうこそ口を挟むな」

氷室が強い口調で駒をいさめた。氷室が菊馬の肩を持ったことに対して駒は衝撃を受け、黙った。

美山は氷室の手からすっと札束を取った。そして素早くたもとにしまうと微笑を浮かべた。

駒は評議会員たちとの話が終わると、選挙事務所に戻ってから、氷室に問いただした。

「さっきのはどういうことなんだ？　俺は埋蔵金なんて話、聞いてないぞ。そんなうさんくさい話、どこから仕入れてきたんだ？」

熱く突っかかってくる駒に対して、氷室は冷めた調子で答えた。

「埋蔵金なんてあるわけないだろ。菊馬のアイデアだ」

駒が顔色を変えた。

「俺が生徒会長になれば、来年の生徒会費を増額して補填すればいいんだよ。簡単なことだ」

「そんなの、評議会は通過しても生徒総会は厳しいぞ。反対票が集まったらどうするんだ？　第一、ばらまいてる金どこから持ってきたんだ？」

「それも菊馬のアイデアだ。学校に出入りしている業者どもに、『俺が会長になったら来期から業者変える』って脅したんだ。そしたらキックバックしてくれてさ」

「氷室、お前どうしちゃったんだよ。自分が何やってるかわかってんのか？　やばいって！」

「うるさい、勝ちゃあいいんだよ!! なんだ金の心配をしてるのか？ 生徒会長になるためなら金など惜しくない！ 弾《たま》はすべて撃ち尽くすぞ！」

「俺はお前が心配なんだよ！ 自分がどんどんおかしくなってるのに気がつかないのか!?」

「おかしい？ 必死に闘う友をおかしいだと!? お前は僕の親友だろ!?」

「親友だからこそ言ってるんだ!!」

「黙れ!! それ以上言ったら殴るぞ！」

迫ってくる駒の胸ぐらを摑んで氷室は怒鳴った。しばらくにらみ合った末、氷室は急に手を放して駒を抱きしめた。

「嘘だよ駒……お前だけは俺の味方だろ？ ガキの頃いじめられてたお前を、俺が味方してやったじゃないか。もうすぐてっぺんなんだよ……」

駒は黙っている。

「山頂に二人の旗立てようぜ……あと少しなんだ……ついてきてくれ……駒」

駒は悲痛な顔で氷室の抱擁を受け入れた。

映画『帝一の國』の美術・小道具(4)
“美美子の糸電話受話器”
残念ながら本編では使用されなかったが
古屋兎丸描き下ろしの逸品

【第八章】

官軍と事変

追い詰められていたのは氷室《ひむろ》だけではない。氷室に背を向けて生き残りをかけた帝一《ていいち》もまた、追い詰められていた。金にものを言わせて票を買い漁っている敵に対峙していると、どうにも焦りが募った。

森園《もりぞの》に投票すると表明していた放送委員の票が氷室に流れたという情報を得た帝一は、放送委員副委員長の石井《いしい》に真偽を尋ねた。

「僕は森園先輩に投票したいんだけど、実は見ちゃったんだ」

言いにくそうに口を開いた石井は、放送委員長が氷室から差し出された一万円を賄賂として受け取り、氷室に票を投じることを約束した顚末を話した。

「まさか!!　氷室先輩は実弾を撃ってきたのか!?」

「その後、近藤《こんどう》委員長から氷室先輩に投票するよう命令されたよ……」

放送委員の暴露話に森園派は驚きを隠せなかった。特に、金をばらまくことを父から禁止されている帝一には衝撃的だった。

実弾!! つ・い・に・禁断の兵器を投入してきたか!!


帝一は泥沼と化した選挙戦の様子を、美美子《みみこ》に隠すことなく話した。帝一はごく細い一本の糸だけで美美子とつながっている。今この瞬間は、この糸だけが帝一を支えてくれていた。

帝一から聞かされた生徒会長選挙の実態に、美美子は驚きを隠せなかった。今までもまるで実際の政界さながらの難しい世界が展開している様子に驚いていたが、今日聞いた話はそんな次元ではなく、汚れにまみれた醜い有様に変わっていた。

「お金で買った票なんて、なんの価値もないと思う。だってその票はただの数字であって人望じゃないでしょ?」

「それでもいい……今は数字が欲しいんだ!!」

帝一にとっては、票数こそが現実だ。糸電話を握る帝一があまりにも悲壮な顔で、美美子は苦しくなった。なんでもいいから、帝一のことを勇気づける言葉をかけたかった。

「お金を受け取った人は、きっと心にやましい思いを抱えているはずよ」

「政治はきれいごとじゃないんだよ! わかってないな」

帝一の苛立《いらだ》った返事に、美美子は思わず聞き返した。

「私の話は聞いてくれないの？　帝一君、私のこと好き？」

美美子の様子がおかしいのに帝一はようやく気づいた。

「なんか最近ひとりぼっちな感じがして淋しいの。帝一君が遠くに感じちゃって……」

高校に入ってから、帝一は生徒会のことばかり話していた。生徒会の先輩がこうだ、同学年の評議会員があだ、選挙戦の行方がこうだ、という話しかせず、まるで自分のことが眼中にないように美美子には思えた。

「ごめん……」

美美子がこんなに不満を表すのは初めてだ。


遠くに感じる……これはまずいな。


帝一はすぐに行動に出た。

「……美美子、接吻をしよう」

「えっ!?」

美美子は糸電話を取り落として顔を赤くした。

「とはいえ僕たちは高校生だ。高校生らしい接吻をしようじゃないか」

帝一はポケットから万年筆を取り出して紙コップに何やら書き始めた。接吻をする心の準備を急いで整えていた美美子が不審な目で見守っていると、帝一は紙コップに口づけした。

「美美子、このコップを引き上げて」

言われた通りに糸をたぐりよせると、糸電話の紙コップに帝一の接吻する顔が描かれていた。

「さぁ、それを僕だと思って。恥ずかしがらないで」

「う、うん……」

——私、何やってるんだろう……。

そう思いつつもコップの帝一に口づけをした。美美子の接吻姿に帝一は照れた。

「なんか、恥ずかしいよな」

この時期に恋愛トラブルは困るからな。ロマンチックな間接接吻によって美美子の心はがっちりと摑んだぞ！

満足そうな表情で帝一は帰っていったが、その後ろ姿を見送る美美子には不満が残った。

——はぁ。高校生らしいキスって何よ？　どうせなら直接口にしてほしかったな……帝一君のバカ。

美美子はコップに描かれた帝一を指で弾いた。

美美子の家から帰る途中、帝一は氷室陣営への対抗策を考えに考え抜いた。そして、一つの結論に達した。

翌朝、譲介《じょうすけ》の部屋を訪ねて直談判をした。

「カネが必要だと?」

床でひれ伏していた帝一は顔を上げ、切羽詰まった表情でうなずいた。敵陣営と同じく汚れることも覚悟の上だ。

「はい。ついに氷室先輩は実弾を撃ってきました。形勢はすっかり逆転してしまいました。目には目を、実弾には実弾を、と考えています……」

帝一が高校に進学して生徒会長選に足を踏み入れた当初から実弾をばらまくことだけは固く禁止していた譲介は、帝一を諭《さと》した。

「やめておきなさい。カネはいつか禍《わざわい》をもたらす」

「禍?」

「今はうまく行っているように見えるだろう。実弾の恐ろしさはここから始まるのだ!!」

譲介のぎょろりとした目が帝一を威圧する。だが、帝一も引き下がるわけにはいかなかった。

「けど、このままじゃ勝てません! 森園先輩が負けたら僕は本当におしまいなんです!!」

帝一の悲痛な訴えを譲介はじっと受け止めた。

「……なぁ、帝一。彰義隊《しょうぎたい》って知ってるな？」

突然の質問に帝一は戸惑った。

「はい。戊辰《ぼしん》戦争のあれですよね。旧幕府軍の残党……」

なぜ譲介が彰義隊の話を持ち出したのか、帝一にはまったく想像がつかなかった。

そんな帝一を譲介は久し振りに外に連れだした。帝一にとっては気分転換になり、譲介の気づかいをありがたく感じた。帝一は譲介と上野《うえの》に来た。文化施設が集まり、桜並木の広い道が続く休日の上野公園は、多くの人でにぎわっている。人の流れから少し外れた一画に、彰義隊の墓はあった。墓の前にはいまだに花が手向《たむ》けられている。帝一は譲介がなぜここに連れてきたのか、まだわからなかった。

「明治維新《めいじいしん》で旧幕府軍は、なぜ戦いに負けたと思う？」

譲介に尋ねられ、帝一はいろんな答えを思い浮かべた。開国から発展した倒幕運動という歴史の流れに逆らえなかったから、王政復古の大号令によって新政府軍に大義名分が生まれたから――しかし、譲介が求めている答えはこれではない気がした。

「新政府軍が旧幕府軍打倒の切り札にしたのは、旗だったんだ」

「旗？」

「そうだ。戦陣に朝廷軍の証である錦《にしき》の御旗《みはた》を掲げ、『こちらが官軍だ』と天下に示したのだ。新政府軍はその旗を数か月前から準備していた。これが戦局を決めた。旧幕府軍は動揺して潰《かい》走《そう》し、将軍慶喜《よしのぶ》は江戸へ逃亡した。新政府軍はその後の戦いでも錦の御旗を掲げ、自分たちが官軍であり、旧幕府軍は賊軍だと印象づけた」

「官軍と……賊軍……」

「森園派こそ官軍であり、氷室派は賊軍であるという印象をつけなさい。そうすれば、人の心は自然と官軍へ流れるだろう」

そのとき、帝一の脳裏に美美子の言葉がよぎった。

——お金を受け取った人は、きっと心にやましい思いを抱えているはずよ。

帝一は気づいた。

やましい——これこそ賊軍と印象づける絶好のチャンスじゃないか！

譲介が言いたかったことをやっと理解し、帝一は晴れ晴れとした顔になった。

最新の海帝《かいてい》新聞で生徒会長選挙の情勢が分析されていた。そこには『氷室四六票、森園一四票、氷室候補に死角なし』とあった。

新聞を手に取っている黒岩《くろいわ》校長は、興味深く記事を読んだ。

「次の生徒会長は氷室君でほぼ決まりのようだね」

「そうとも言い切れません。生徒の様子が不穏です」

川俣《かわまた》は生徒会長選の行方を注意深く観察していて、海帝新聞よりも深く戦況を見通していた。


氷室の放った「実弾」はその頃、思わぬ副作用をもたらしていた。氷室の用意していた金は、準備はしたものの誰にでもばらまけるほど潤沢にあったわけではない。最初は菊馬《きくま》から仕入れていた評議会員の情報をもとに金になびく生徒を絞り、効果的に使っていた。しかし、徐々に手を広げ、あちこちで金を渡した結果情報が漏れてしまい、当初から支持を決めていた運動部系の評議会員たちの反感を買った。

ついに部室棟の廊下で騒ぎが起きた。氷室と駒《こま》が応援部部長や運動部員たちに囲まれていた。

「氷室！　お前、演劇部に小遣い渡しただろ？」

「俺たち運動部を馬鹿にしてるのかよ」

「投票してほしいなら、俺たちにもよこせ！」

応援部部長の江住《えすみ》は、あからさまに金を要求してきた。その勢いに押されて、氷室は観念するしかなかった。

「わかった、わかったから大事《おおごと》にしないでくれ」

ポケットから手持ちの現金を出すと、江住やその他の部員がわっと群がった。

「ちゃんと筋《すじ》通せよ!!」

「部長だけってずるいだろ」

「うちの部にはなしかよ」

「もっとねえのか!」

その様子は、まるで餓鬼が亡者に群がる地獄図のようだった。氷室の手から札が飛ぶように消えていく。

むしれるものがなくなると、運動部員たちは散り散りに消えていった。ひとまず一息ついた氷室だったが、校内を歩いていると、同じようなことが何度も起きた。

校内のあちこちで突き上げを食らって、氷室はへとへとになった。明日渡す、とにかく明日だ、と言い逃れるのにうんざりした。

「こんなんじゃ足りねえよ! 演劇部のヤツにはもっと渡したんだろ」

「わかった、足りない分は明日持って来る!」

「ほんとか? 明日持ってこなかったら森園に投票するからな」

逃げても隠れても金の亡者と化した者たちに追いかけられ、ついに屋上で吊るし上げをくらって、転落防止の金網に追い詰められた。このままでは用意してあったはずの金でも足りなくなってしまう。氷室は、菊馬に八つ当たりした。

「菊馬、お前のアイデアだろ。どうにかしろ！」

氷室から対応を迫られて、菊馬は二四三《にしぞう》とこそこそ話した。

「……どこから情報が漏れたんだろ？」

「黙ってろって念を押してたのにな」

二四三と話していた菊馬の顔が青ざめた。

「帝一だ！　あいつしかいねえ」

そのとき、校庭のほうから音楽が流れてきた。誰もが聞いたことのある、哀愁を帯びた、けれども人を高揚させるメロディだ。

「なんだ……？」

菊馬は校庭を見下ろした。音楽に気がそれた他の生徒たちが氷室に詰め寄るのをやめ、同じく校庭を見た。校庭の真ん中では、生徒が数人集まって手を取り、笑い声をあげながら踊っている。

「おい、あいつらだ」

「は？　森園を中心に……マイムマイムを踊ってる⁉」

小学校のフォークダンスで誰もが一度は踊ったことのあるこのダンスを、帝一も久しぶりに踊っていた。

「久々にやると楽しいな」

弾《だん》の言葉に光明《こうめい》はにこにこ笑顔で応えた。

驚きをもって成り行きを見守っていた生徒たちは、耳慣れた音楽と帝一たちの楽しそうな様子にまもなくうずうずし始め、ひとりまたひとりと校庭に降りてきた。

「俺たちも入れてくれよ」

「ああ、一緒に踊ろう！」

帝一は快く仲間に引き入れた。氷室がその様子を冷たい目で見下した。

「負けるとわかってやけになってるんだろ。哀れだな」

金が災いして苦しんでいるものの、氷室はまだ自分の勝ちを確信していた。しかし、マイムを踊る人数はどんどん増えていき、森園を囲む輪はまたたく間に二重になった。輪になった生徒たちは歌を口ずさみながら足を踏み鳴らし、校庭から砂煙りが上がり始めた。教室から出てきた生徒が次々と楽しい踊りの輪に加わっていく。

「みんなー一緒に踊ろうぜー‼」

弾が皆に呼びかけた頃には、森園を囲む輪は三重、四重にまで増えた。楽しそうな雰囲気につられて教師たちまで参加し始めた。金にまみれ、汚れてしまった選挙戦がもたらした殺伐とした雰囲気を打ち破るように、海帝高校に楽しげなリズムが響きわたった。菊馬と二四三はその様子を羨ましそうに見下ろした。

「……くそ、踊りてえ！」

帝一たちは真っ赤な海帝の校旗を輪の近くで大きく振り始めた。マイムマイムの輪はわずかの間に全校へと広がっていった。それは中央にいる森園を讃えているかのようであった。

「輪が大きくなってる」

駒がつぶやいた。森園を中心とした輪に入れない生徒たちは、皆、氷室から賄賂を受け取った者たちだった。彼らはほの暗い罪悪感から森園たちの輪に入ることができなかった。その恨めしい視線は、やがて氷室に向けられた。

「こ、これじゃあまるで……俺たちが悪者みたいじゃないか……あんな茶番に騙されるな。俺たちは悪くない！　お前たち、金がほしいんだろ？　明日必ず渡す。だから、投票は頼むぞ！」

一人、また一人と氷室の傍から離れていった。

「俺たちは悪くなんかないぞ!!　悪くないんだ!!」

駒が、吠える氷室のことを彼らと同じような目で見ていた。それに気づいた氷室は駒に突っかかった。

「なんだよ、その目は？　お前だって俺のお陰で副会長になれるんだぞ」

「そんな言い草ないだろ」

氷室は駒を金網に押しつけた。

「あんまり俺を怒らせんなよ。いじめられっ子のお前に喧嘩を教えてやったのは誰だっけな」
氷室の言葉は駒の胸を激しくえぐった。駒が氷室を押しのけるように去り、氷室は暮れゆく空の下、屋上にとり残された。

一方、校庭でのマイムマイムが予想以上に盛り上がり、帝一は鳥肌が立った。

これはいける！　こっちが官軍だ！

帝一は光明に笑いかけた。
「不思議な踊りだよな。誰もが輪に入りたがる」
「マイムマイムってね、掘り当てた井戸をみんなで喜ぶ踊りなんだよ」
帝一はこの奇襲作戦によって、全校生徒に森園派が官軍であると強く印象づけた。これはのちに「マイムマイム事変」と呼ばれる、海帝史上に残る出来事となった。

翌日の放課後、佐々木が選挙情勢調査の結果が載っている海帝新聞を持って将棋部の部室に入ってきた。

「いいか？　見るぞ」

「もったいぶらないで早くしろよ」

急《せ》かした帝一も手に汗を握っている。

『氷室三〇票、森園三〇票　歴史的大接戦　森園派に神風吹いた』

「並んだ！」

森園陣営は歓声をあげ、お互いの顔を見回して喜び合った。

「マイムマイム効果だな！」

弾が手放しでほめると、帝一と弾は力いっぱい抱き合って雄叫《おたけ》びをあげた。

「こちらが官軍になってきた。錦の御旗を揚げるのに成功したんだ」

森園はいつも通り冷静な態度を保ちながらも、帝一をほめた。

「帝一くんの作戦はすごいですね」

「森園先輩が負けたら、僕は死ぬ覚悟ですから」

ひざまずいて森園の手に頬を寄せた帝一が熱い思いを告白すると、光明がその背中にしがみついた。

「死んじゃやだ！」

森園陣営の興奮した熱気はなかなか冷めなかった。

一方、氷室陣営には冷たい空気が流れていた。投票日直前で森園に追いつかれたという調査結果を読んだ氷室の顔からは血の気が引いていた。机に肘をつき、じっと動かない。菊馬と二四三は帰り支度をした。

「失礼します」

「菊馬」

氷室に呼び止められ、菊馬は立ち止まって振り返った。

「お前も裏切るつもりじゃないだろうな?」

菊馬はにやりと笑った。

「腐っても菊馬です。一気に挽回してご覧にいれます」

自信たっぷりに言い切って、部屋を後にした。

「一気に挽回してみせる」と見栄を切った菊馬が取った戦略は禁じ手と呼べる最終手段だった。菊馬は自分の父親を最大限に利用することにしたのである。卯三郎《うさぶろう》に罵倒されるのを覚悟で、現在の選挙戦の状況を包み隠さず話した。

「なに、氷室と森園が同票?」

卯三郎ににらまれると、菊馬は冷たい廊下で土下座して床に頭をすりつけた。

「どうか、父上の力を貸してください！」

「赤場《あかば》の息子にしてやられたってわけだ。クズだな、お前」

父親に罵倒され、菊馬は顔をゆがめ、そして絞り出すような声で卯三郎に謝った。

「すみません……きっと追い落としてみせます！」

「赤場め。親子ともども調子に乗りおって。許さん！」

先日の赤場譲介の無礼な態度を思い出して、卯三郎はさらに腹立たしくなり、足音荒く去っていった。菊馬は父親に頭を下げた体勢のまま、握りしめた右拳を廊下の床板に叩きつけた。


マイムマイムによる奇襲攻撃によって、帝一は生徒会長選挙を大接戦に持ちこむことに成功した。選挙戦最終盤を乗り越える活力をつけるため、思い切って美美子を食事に誘った。高級すっぽん料理屋の個室を予約して、帝一は上下とも大輪の牡丹の柄の入ったスーツという勝負服で久々のデートに臨んだ。

通された部屋はきらびやかな装飾のほどこされた豪華な和室で、美美子は高校一年生には似つかわしくないデートコースに居心地が悪かった。出される料理も華やかなものではなく、通好みの渋い料理ばかりだ。

「これ、なんだろう？」

「くわいだよ」

帝一は小ぶりなくわいを口に運んだ。

「美味しいの？」

「美味しいとか美味しくないとかじゃなくて、季節をいただくんだよ」

「……よくわかんない」

「ここよくない？　すっぽん料理。精力つくしね」

そう言った後、帝一はすぐに付け足した。

「決していやらしい意味じゃない。それに、個室もいいだろ？」

「私といるところを誰かに見られたら困るもんね」

帝一は渋い顔をした。

「絡むなよ。せっかくのデートなのに」

美美子は箸を置いて、背筋を正した。

「……ねぇ、帝一君はなんでそこまで戦わなきゃいけないの？」

「えっ？」

帝一も箸を止めた。

「つらくない？　ねぇ、帝一君は総理大臣になって何がしたいの？」

「決まってるじゃないか。僕の国を作るんだよ」

「作ってどうするの?」

「……それより、すっぽんもいいけど、すっぽん食べよう」

「すっぽんもいいけど、私は帝一君のピアノが聞きたい」

帝一は顔を背けた。

「やめてくれよ。大事な選挙の前にピアノの話なんて。もう少しで夢が叶うんだ」

すると、美美子は急に立ち上がった。

「私、帰る」

そう言い捨てて、美美子が個室を出た。帝一もすぐに立ち上がったが、あとを追うことなく部屋の入り口で立ちつくした。


一気に同点票まで盛り返した将棋部部室の森園陣営は活気づいていた。

「投票日まであと一週間だ。勝利は目前にある! 運動部の応援でも行こうぜ」

最初、政治に興味のなかった弾もすっかり選挙戦になじんでいた。

光明も選挙戦の明るい見通しに高揚していた。

「あともう一息だもんね、帝一!」

森園陣営の中にあって、帝一はひとり元気がなかった。

「帝一、どうしたの？　なに黄昏《たそがれ》てるの？」

帝一は言いにくそうに答えた。

「実は、美美子とうまくいってなくて」

「えっ！」

光明は即座に笑顔になった。

「何がうれしいんだよ？」

光明は慌てて首を振ったが、笑顔は消えない。

「ううん、うれしくなんかないよ」

「やっぱり笑ってる」

帝一が恨みがましい目で光明を見たとき、森園がぽつりとつぶやいた。

「このまま氷室君たちが大人しくしてくれるとありがたいんですけどね」

その言葉に、みんなぴたりと話をやめて森園のほうを向いた。森園はいつものように冷静沈着に見えたが、それだけにその言葉が周囲の者には不気味に思えて、楽観的な雰囲気が消し飛んだ。帝一は森園に言った。

「大丈夫ですよ。流れはこっちに来てます」

将棋部の扉が乱暴に開いた。血相を変えて飛びこんできたのは帝一の担任、川俣だ。

「赤場、大変だ。お父さんが！」

帝一はただならぬことが起きたことを察知した。

赤場譲介が、収賄容疑で東京地検特捜部に逮捕された。エリート官僚の汚職のニュースは日本中を駆けめぐった。

帝一は一人、拘置所に収監されている譲介の面会に行った。拘置所の薄暗い接見室で、帝一は透明なアクリル板越しに譲介と向かい合った。

譲介は憔悴した様子だ。帝一はうつむいたまま黙っている。

「こんなことになってすまない」

譲介が謝ると、帝一は顔を上げた。

「カネはいつか禍《わざわい》をもたらすって、自分のことだったんですね？」

「そうじゃないんだ」

譲介の力ない言葉に帝一はふつふつと怒りが湧いてきた。

「信じてくれ、賄賂など受け取ってない。今は見せしめにされているだけだ」

「見せしめ？」

「日本車優遇措置法に反対していた東郷が私を陥れるため……」

「ふざけんな！」

帝一は父親をにらみつけて怒鳴った。

「父さんの事情なんて知らないよ！　どうして、どうしてみんな僕の邪魔ばっかりするんだよ！　選挙直前でこんなことになって、今度こそ本当におしまいだよ！」

帝一は泣いた。いままでの苦労が全部涙に変わったかのように、いくら泣いても次から次へと新しい涙があふれてくる。

「自分の国を作れって言ってたくせに」

「お前の邪魔をするつもりはなかった」

「嘘だ！　ずーっと、ずっと邪魔してたじゃないか！」

譲介は驚いて目を見開いた。すべてをかけて帝一を後押ししてきた自負のある譲介にはあまりに意外な言葉だった。しかし、帝一の口から漏れた次の言葉はさらに譲介を驚かせた。

「ピアノが弾きたいよ……」

帝一は堰《せき》を切ったように泣いて、嗚咽した。

「ピアノ？　ピアノが何の関係があるんだ」

泣きはらした顔を上げた帝一が尋ねる。

「……覚えてないの？　僕が僕の国を作るって決めたときのこと」

そのときの出来事が電撃のように譲介の脳を通過した。滝修行にむりやり連れて行こうとし、ピアノに頭を打ちつけて気を失った小学生の帝一は、起き上がるなり言った。

——僕の国を作るよ。だって、僕の国なら誰もピアノの邪魔しないでしょ。

たしかにあのときの帝一はそう言った。あの日から帝一は海帝高校の生徒会長を目指すためになんでもしてきた。一緒に滝修行も経験した。中学では一番の成績を収めた。譲介は、帝一が自分の意志を継ぎ、自分を超えていくことを目標に据えていると信じて疑いもしなかった。

しかし、そうではなかったのだ。

「あれから僕は一度もピアノを弾いていないんだ」

「帝一……」

「……ピアノを誰にも邪魔されずに弾きたかった。ただそれだけのために、僕の国を作りたかった」

「お前……そんなことのために……何年も何年も苦しい戦いをしていたというのか」

「もうピアノが弾けなくなっちゃうよ」

帝一は声を絞り出した。

「すまなかった……」

譲介は心の底から謝罪し、頭を深く下げた。申し訳ないという思いが胸にこみ上げ、目に涙を溜めた。

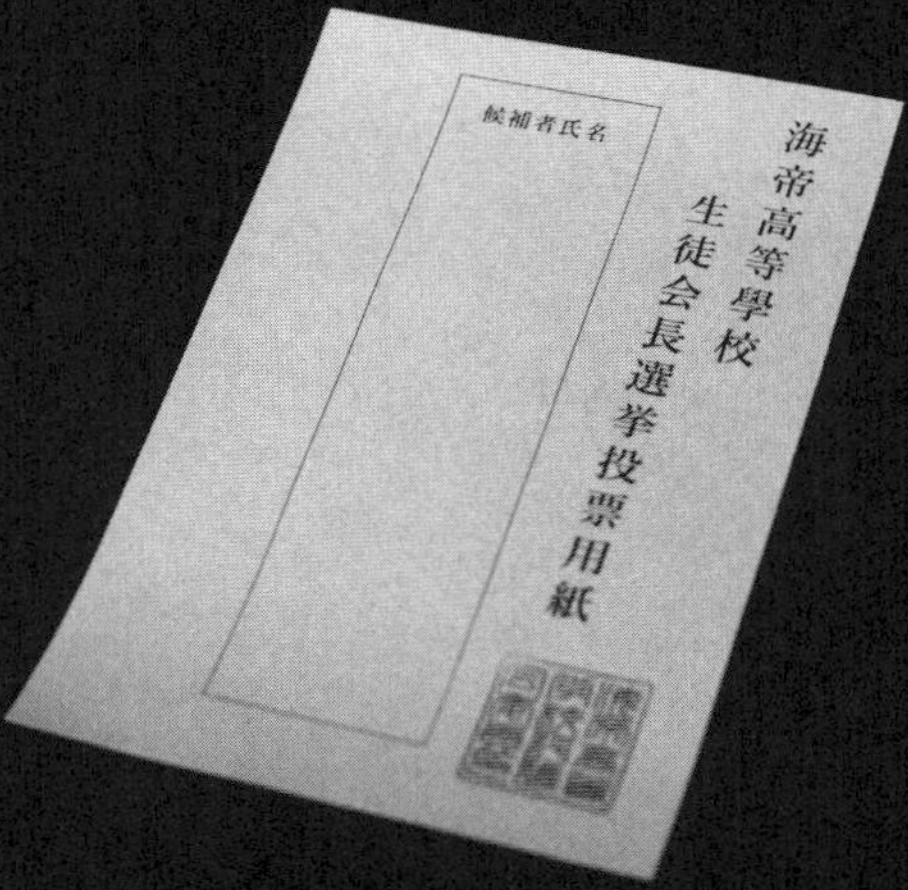

映画『帝一の國』の美術・小道具(5)
“生徒会長選投票用紙”

第九章
光と影

帝一《ていいち》が学校に来なくなってから一週間がたち、ついに海帝《かいてい》生徒会長選挙の投票日がやってきた。校内には赤場譲介《あかばじょうすけ》の収賄事件について書かれたビラが散乱していた。評議会員以外の生徒たちは放課後に行われる選挙の開始を今か今かと待っている。

将棋部の部室で、弾《だん》はビラにある「赤場帝一の父親は犯罪者」の文字を見つめた。片手でそのビラを丸めて投げ捨てた。

「俺たちは不利になったのかなぁ」

「間違いなく不利だよ」

間髪容れず佐々木《ささき》が不満げに答えた。光明《こうめい》はくしゃくしゃになったビラを悲しげな表情でじっと見つめている。

「行きましょう。いよいよ会長選です」

森園《もりぞの》がただそれだけ言った。皆静かにうなずいた。

帝一は自宅の居間でピアノの前に立っていた。美しい刺繍《ししゅう》のあるカバーを取って蓋を上げ、つやのある白い鍵盤をしばらく眺めた。頭の中で「マリオネット」が流れる。幼い頃、ここでよく弾いていた曲だ。帝一はすぐにその思い出の箱の蓋を閉じると自分の部屋にこもり、膝を抱えてベッドに座りこんだ。まるでゼンマイの切れたからくり人形のように静止している。心はここになく、実現するはずだった自分の国をさまよっている。

「にいに、お友達きてるよ」

妹の夢子《ゆめこ》がドア越しに声をかけた。

「帝一、開けてくれ！」

弾の声だ。帝一はわずかに顔を上げた。

「帝一、開けてよ！　一緒に学校行こう！」

光明も一緒に来ている。

「……帰ってくれ。僕の戦いは終わったんだ」

帝一は生気のない表情で膝を抱えたままじっとしていた。

激しい衝撃音とともに弾が部屋の中に飛びこんできた。蹴破られたドアを帝一はあぜんとして見つめた。

弾が必死に説得を始めた。

「帝一、投票に行こう。あんなに頑張ってきたろ？　お前はすべてを賭けてたんだろ!?」

帝一は死んだような目のままだ。

「お引き取りください。あと、ドア弁償しろよな」

弾は帝一の胸ぐらをつかんで引きずり上げた。

「帝一、お前は生徒会長になるんじゃないのか？」

「もう無理だよ。帰ってくれ」

「……お前、俺に借りがあるって言ってたよな？」

弾にまっすぐ見つめられて、帝一は視線をそらした。弾が躍起になっても、光明が必死に説得しても、帝一の心は閉ざされたままだ。

目も合わせようとしない帝一に、二人はお手上げだった。

投票の時間は刻々と近づいている。しばらく帝一の様子を見ていた弾は、光明に目配せすると二人一緒に無言で部屋を後にした。帝一はドアの修繕を始めた。もう誰にも入ってほしくなかった。破られたドアに板を釘打ちして完全に部屋を封鎖しようと試みた。


作業を終えてまた自分一人の世界に戻ろうとしたとき、打ちつけた板ごともう一度ドアが蹴破られた。

「なんなんだよ、もう」

部屋の入り口には息を切らせた美美子《みみこ》が立っている。ふてくされている帝一のことを見つめる美美子の顔は、真剣に怒っていた。

「どうして選挙に行かないの!?」

「……放っといてくれ」

ぴしゃり、と美美子の手が帝一の頬を思い切り打った。

帝一は目を丸くして美美子を見返した。

「自分の国を作るんじゃなかったの!? そのために光明君や弾君にも助けてもらったんでしょ? だったら今度はみんなを助けてあげなきゃ。それもできない人が自分の国なんて作れるわけないよ」

美美子に叱りつけられて、枯れ木のように干からびて硬くなっていた帝一の心がようやく動き始めた。帝一はボサボサになった髪を七三に分けてなでつけて深呼吸した。


海帝高等学校次期生徒会長選挙の投票がついに幕を開ける。

次期生徒会長がどちらに決まるかを一刻も早く知りたい生徒たちが評議会本部の周りにたくさん群がっていた。

「生徒会長選挙を始めますので部外者は立ち入らないようお願いします」

評議会員の手によって評議会本部の扉が閉められた。部屋の外に集まっている野次馬たちにも、評議会の緊迫した雰囲気が伝わってくる。

氷室《ひむろ》は自信ありげに座っていた。森園のほうに視線をやると、勝ち誇ったように微笑んだ。

——大丈夫！　きっと大丈夫だ！　実弾を撃った者全員と運動部が俺に投票したなら俺の圧勝だ。

森園はいつも通り表情を動かすことなく、氷室の視線を受け流した。森園陣営に最後の痛打を与えた菊馬《きくま》も勝利を確信してほくそ笑んでいる。光明がやってくると、わざとらしく尋ねた。

「あれ、赤場君は？」

光明は答えることができない。帝一の席は、空白だ。そんな光明の様子を見た菊馬は勝ち誇った。

——ついに、帝一に勝ったな。

そのとき、二四三《にしぞう》が遅れて入室してきて、菊馬に耳打ちをした。

「帝一が来たぞ」

菊馬は思わず舌打ちをした。

「しぶてぇ野郎だな。おい、俺は不在者投票にする。頼むぞ」

二四三に投票を託して、菊馬は評議会本部室を出た。入れ替わるように生徒会本部役員が入ってくる。

「起立！　礼！　着席！　只今より、次期会長選挙を執り行う！」

堂山《どうやま》が号令をかけた。

海帝の会長選は特殊な方法で行われる。投票は評議会が見守るなかで行われ、選挙管理委員長が投票用紙を受け取ってその場で読み上げることになっていた。そして、投票者はその投票理由を述べることが求められた。

選挙管理委員会のメンバーが評議会員に投票用紙を配りはじめたとき、堂山が帝一の不在に気づいた。

「赤場帝一と東郷菊馬は欠席か」

弾と光明は帝一のいない席を祈るような気持ちで見た。

その頃、帝一と美美子は学校へ向かって必死に走っていた。土ぼこりの舞う海帝高校のグラウンドにたどり着いた二人の前に、見慣れた顔が待ち構えていた。菊馬だ。

「お前、よくノコノコ来られたな」

菊馬が不敵な笑みを浮かべた。

帝一は立ち止まって、邪魔をする菊馬をにらみつけた。

「僕にだって清き一票を投じる権利がある」

「清き？　汚れてんだろ！　犯罪者の息子が‼」

帝一は悔しさで奥歯を噛み締めた。

「まだ犯罪者とは決まってない。どきなさいよ、菊馬君！」

美美子が小学生の昔に戻ったように菊馬に言い返したが、菊馬は引き下がらない。

「なんで美美子までいるんだよ？　あらら、お前らひょっとして……？」

二人の関係に気づいた菊馬が、今度は悔しさで顔を歪ませた。

「はっ！　お前らつき合ってたのかよ!?　だったら父上に頼まなくてもスキャンダルだけで潰せたのに」

帝一は菊馬の言葉を聞き逃さなかった。

「やっぱり父さんを陥れたのは東郷《とうごう》大臣か！」

「証拠は？」

菊馬は空とぼけた。黒い笑みを満面に浮かべた菊馬の背後では、校舎の時計がまもなく三時半になろうとしていた。選挙の開始時間が迫っていることに気づいた帝一は悔しさを押し殺し、菊馬を無視して校舎に向かった。すかさず菊馬が足を出し、帝一は派手に転んだ。

「投票はさせねえぞ」

帝一の髪を鷲摑みにして顔を極限まで寄せた。

「なんだその眼は？　美美子の前だからって格好つけんな。またいじめられてたときのこと、思い出させてやろうか」

「そんな必要はない。いつもすぐ取り出せるところに置いてある！」

菊馬が「ぎゃあっ」と悲鳴をあげた。腕を帝一に握りつぶされて痛みが走ったのだ。思わず帝一の髪を摑んでいた手を放した。

「菊馬、僕は昔の自分と今日決別する！」

帝一が菊馬に飛びかかり、地面に倒した。

「うおおおおお！」

菊馬に向かって拳を振り下ろす。だが、菊馬はそれをかわして体勢を入れ替え、馬乗りになって帝一に殴りかかった。

投票の行方を見守っていた生徒たちが喧嘩に気づいた。

「おい、帝一と菊馬が殴り合いしてるぞ！」

生徒たちがわらわらと校庭に向かった。帝一と菊馬の周りを囲む人垣ができる。その中で二人は本気で殴り合っていた。

「痛《いて》えじゃねえか、この野郎！」

菊馬は、しつこく食い下がってくる帝一を振り払うように殴った。吹っ飛ばされた帝一が地面に突っ伏した。帝一の背中めがけて菊馬は吼《ほ》えた。

「へっ、ざまあみろ。なめんなよ、腐っても菊馬なんだよ！」

帝一が顔を上げた。

「菊馬、投票に行かせろ」

「お前はもう終わってんだよ、帝一！」

菊馬が帝一の背中に蹴りを入れた。

「菊馬君、もうやめて！」

たまらずに美美子が叫ぶ。菊馬は怒りの目で美美子をにらんだ。もういちど帝一の背中を蹴り飛ばした。

「つくづくムカつくやつだな、お前は。俺は昔から、お前のせいで毎日のように家で怒鳴られてたんだよ！　成績も一番、ピアノも一番、おまけに美美子まで……！」

憎しみを込めて帝一を罵《のの》った。帝一はそんな菊馬に対して同情を示す余裕はなかった。

「僕は投票に行くんだ！」

不意をついて菊馬に飛びかかった。菊馬が必死に殴り返して帝一を再び地面に倒し、叫ぶ。

「絶対に負けられない家に生まれた気持ちわかんのか？　わかんのかよ！」

二人とも、肩で息をしている。菊馬も消耗が激しく、膝に手をついてやっと立っている。

「お前なんか、家でピアノポロンポロンやってろ」

砂まみれになって校庭に倒れていた帝一が、力を振り絞って立ち上がった。

「……そのピアノすら自由に弾かせてもらえなかった、僕の気持ちはわかるのか!?」

帝一が放った怒りの鉄拳が菊馬の顔面に入った。菊馬がのけぞると、野次馬たちから「帝一！　帝一！」と声援が飛んだ。

「はっ、喧嘩くらいはな、せめて喧嘩くらい、お前に負けるわけにはいかねえんだよ！」

菊馬が帝一をタックルで倒した。今度は周囲から菊馬コールが起こった。帝一と菊馬の名前を呼ぶ声が校庭にこだました。


きっかり三時半、帝一不在のまま、評議会本部室で投票が始まった。

「それでは投票を始めます！」

選挙管理委員長の古賀《こが》が最初の票を読み上げた。

「氷室ローランド！」

投票した委員が投票理由を壇上で表明する。

「私は氷室の予算増額という言葉を信じたいと思います」


黒板の氷室の名前の下に正の字の最初の一画が記された。運動部の投票が続く。すべて氷室票だ。運動部を重視した公約と海帝祭開会式のパフォーマンスがはっきりと功を奏していた。

十三対〇と氷室の優勢が続いたあと、初めて森園に票が入った。

「森園君はみんなを公平に扱ってくれそうなので投票いたしました」

ちらりと森園をうかがった氷室の表情には余裕があった。続く票は次々と森園に流れ、半数が投票を終えた時には両者の票は完全に拮抗《きっこう》していた。

「応援部、江住銀太郎《えすみぎんたろう》部長！」

勢いよく返事をして立ち上がった江住を見て氷室は小さく笑った。

「こいつは手堅く一票だな」

江住には実弾を渡し済みだった。古賀が投票用紙に記名されている候補者名を読み上げた。

「森園億人《おくと》！」

「なに!?」

氷室はカッと目を見開いた。評議会本部室にざわめきが起こった。江住が口を開いた。

「自分は恥ずかしながら、氷室候補から贈り物をもらいました。しかし、先週のマイムマイムを見て後ろめたい気持ちになりました。だから森園候補に入れました。そして贈り物は返します。以上です」

氷室が賄賂を使ったことが江住の言葉によってはっきりと示され、噂を見聞きするのみだった者たちはざわざわと沸き立った。その様子を駒《こま》はなんとも言えない気持ちで眺めた。

氷室は目を伏せて評議会員たちの冷たい視線をやりすごした。森園派の弾たちは初めてマイムマイムで票を獲得したことに手応えを感じたが、まだまだ予断を許さない状況だ。その後、文化部の順番となり、森園への投票が続いた。

帝一の父親が逮捕されたことで票が一気に氷室陣営に傾くかと思いきや、蓋を開けてみると接戦になった。氷室陣営は運動部の投票で先行したものの、買収工作は諸刃の剣になっていて、取りこんだはずの者からの造反が他にも出た。

演劇部の美山玉三郎《みやまたまさぶろう》は氷室の「個人的なプレゼント」を受け取っていた。しかし、その票は森園億人に入れられた。

「個人的プレゼントありがと。でも、投票は別だから」

美山は飄々《ひょうひょう》と氷室に言ってのけた。美山が席に戻ろうとするとき、氷室は、堪《たま》らず「貴様！ふざけるな！」と罵った。さらに他の評議員たちを睨み、同じ裏切りを繰り返さないよう圧力をかけた。

氷室の読みでは部活と委員会の代表が投票を終えたところで大差がつくはずだったが、氷室十七票、森園二十票、と僅差のまま、投票は終盤を迎えた。

「では、二年のルーム長、副ルーム長の投票に移ります！」

菊馬の不在投票が氷室票として処理された後、それぞれの学年のルーム長と副ルーム長が投票する番となり、森園と京田《きょうだ》が先に投票を済ませた。氷室は腹の中でルーム長たちの票勘定をしていた。ルーム長、副ルーム長に関してはあまり票のブレはないと予想していた。

——決定的な差をつけることができなかったが、このままの勘定でいけば、勝てるはずだ。

ヒムローランドはもう目前にある。ヒムローランドへの上陸も間近だ……！

氷室は自らに投票し、票は二四対二四で完全に並んだ。続いて駒が投票用紙を手に立ち上がった。その投票用紙を確認した古賀が固まった。

「お願いします」

駒に促され、古賀はゆっくりと大きな声で候補者名を読み上げた。

「森園億人！」

評議会が一斉にどよめいた。盟友、駒の造反に氷室の頭の中は真っ白になった。泣きそうに顔をゆがめて、ただ「えっ？　えっ？」と何度も繰り返した。側近中の側近が裏切るという展開に、他の評議員たちにも動揺が走った。森園陣営の者でさえ、喜ぶ者はいなかった。

「駒……お前、なにふざけてんだよ……？」

駒は自分のしたことの重大さに戦《おのの》きながらも、表情には覚悟が表れていた。

「俺は懸命にお前を支えてきた……。けど、お前は生徒会長になったらいけない奴だと思う」

「駒、なに言ってんだ？　俺たちずっと友達だろ？」

氷室は、駒に駆け寄って肩を摑んだ。駒は氷室の言葉を肯定しなかった。

「俺をいじめから救ってくれた、あのかっこいいヒーローはもういない」

氷室が肩を震わせて怒りを爆発させた。

「駒あああああ!!」

「殴れよ、氷室! 俺との決別のしるしとして!!」

駒は胸ぐらを摑んできた氷室に啖呵《たんか》を切った。

「なぜだ駒!! なぜ僕を裏切った!?」

「わからないのか? 心の底からお前に失望した! いや……軽蔑した!!」

ついに氷室の拳が火を噴いた。駒は甘んじて氷室の拳を受け、床にぶっ倒れた。氷室はわけのわからない叫び声を上げながら駒に殴りかかっていく。

「氷室を押さえろ!」

慌てて皆席を立って氷室を取り押さえ、駒から引き剝がした。

「駒っ! 駒ぁぁ!!」

取り乱した氷室の悲痛な叫びが評議会本部室の外にまで届いた。そろそろ結果が出る頃だと、外で待っていた生徒たちにも大変なことが起こっていることは伝わってきた。

「もし、この一票で負けるようなことがあれば……お前を殺し、僕も死ぬ!!」

見守っていた者たちは、氷室の目が本気なのを認めた。

氷室と駒の決裂は、氷室が先行して逃げ切るはずの流れに大きな変化を起こした。駒の造反劇によって氷室は完全に孤立した。光明は、帝一がずっと言っていたことを思い出した。

「官軍の流れだ!」

残る二年のルーム長たち、続く一年のルーム長たちは大方の予想通りの票に分かれた。森園票は氷室票に食らいつき、ついに一票差までできた。現在、氷室二十九票、森園二十八票。この部屋にいて投票していないのはあと二人、一年六組のルーム長の弾と副ルーム長の佐々木《ささき》だ。氷室はもう前を見ることすらできず、額に汗を浮かべ肩で息をしていた。弾は佐々木にささやいた。

「なぁ、佐々木。先に投票してくれ」

「ああ、いいけど」

佐々木が投票している間、弾は投票用紙をじっと見つめていた。

「森園億人！」

古賀が佐々木の票を読み上げ、ボードの票数は、森園二十九票、氷室二十九票となった。ついに同点だ。最高潮の興奮が評議会本部いっぱいに広がっていた。氷室は絶望的な顔で天を仰いだ。最後に残されたのは、弾だ。いよいよ弾が席を立ち、ゆっくりと歩いていく。弾が選挙管理委員の古賀に投票用紙を渡した。古賀は票を開いて、弾の顔をじっと見た。

「これでいいんだな？」

「はい」

弾は古賀の目を見てうなずいた。

「白票！」

絶望の淵に立っていた氷室が、呆けた顔になった。

「えっ!?　白票!?」

会場がざわめく。光明も、佐々木も焦ったが、森園は一人納得したように微笑んだ。堂山が弾に問いただす。

「どうしてだ、大鷹《おおたか》」

弾は神妙な顔で答えた。

「俺は、個人的に森園さんが好きだから応援してる。けど、好き嫌いで生徒会長を選んでいいのかなって。俺、正直、海帝に入って、学校のみんなを軽蔑してた。こいつらなんの悩みもない坊ちゃんじゃねえかって。生徒会とかお遊びと思ってた。でも、違ったんだ。みんな、一生懸命戦っているんだってわかった。バカにしていた俺は最後にすべてを決定できる器じゃない。力不足だ。すみません」

弾は森園に頭を下げた。

「謝る必要ないですよ。政治に興味ないと言ってたのに僕がこんなことに巻きこんでしまった。僕のほうこそすみません」

森園はすべてを見通していたかのような静かな表情で頭を下げた。

「同点の場合、どうなるんだ?」

評議会員たちがぼそぼそ話し合っていると、古賀が進み出た。

「では同点になった場合の本校の選挙規定に則《のっと》り、生徒会長が最後の投票者となる。堂山」

指名された堂山が弾に向き直った。

「……大鷹、お前わざと僕に？」

「誰が次の生徒会長にふさわしいか見極めるのは、生徒会のことを誰よりも知り尽くしてる人にしてもらいたいと思って」

「そうか」

堂山は弾の意志を受け止めて立ち上がった。

「では、規則に従い、決めさせてもらおう!!」

堂山は部屋の中央に進んで氷室をじっと見つめた。

「氷室、お前は有能な奴だ。お前のカリスマ性はこの学校にとどまらず世界を動かせるほどの力がある。お前がいなかったら僕は生徒会長になれなかっただろう。感謝してるよ」

「堂山さん……それじゃあ……」

氷室の顔に一筋の光が差したとき、堂山が力強く声を張りあげた。

「しかし、お前は僕たちに教えてくれた。その力の使い道を間違えると、大きな差別が生まれるということを。排他的な選民思想が危険であることは歴史が証明済みだ」

堂山に面と向かって批判され、氷室は絶望の谷に突き落とされた。這いつくばるようにして、堂山に近づいた。

「ちょっと待ってください!! 堂山さん、思い出してください!! 僕はあなたのために心血を砕き、票集めをしてきました!! だけど森園は何をしましたか? 何もしてない!! ナッシングだ!! この通りですから!!」

堂山の足元で犬のように座りこんだ氷室は、堂山の上履きをベロベロ舐め始めた。堂山はかがんで氷室のことを押しとどめた。

「お前は森園が何もしていないと言ったが、それは間違いだ。彼は僕にリーダーの資質というものを教えてくれた。森園は大きな力を持たず、しかし周囲の者をうまく動かし、負け試合をひっくり返した。終盤になっても粘り強くじわりと相手を追いこんでいく、かつてのお前の将棋のようだった」

堂山は森園と視線を合わせた。

「一人の巨大な力を持つ絶対君主の男と、すべての駒を使い王手を目指す男。どちらが生徒会長にふさわしいか考えるまでもない」

堂山がそこで言葉を切った。会議室の中は水を打ったように静かだ。森園は堂山にそこまで持ち上げられ、少しむずがゆかった。

「僕なんか『井の中の蛙《かわず》、大海を知らず』ですよ」

「その句には続きがあると言われている。『井の中の蛙、大海を知らず。されど空の深さを知る』。お前はもっと高く行ける」

いつも冷静な森園が、眼鏡を直しながらうつむいた。

「……泣かせる気ですか」

堂山は胸を張って宣言した。

「森園億人、お前が次期生徒会長だ」

どおっと拍手が起こった。評議会員たちが立ち上がって新生徒会長誕生を祝福するなか、氷室一人が床にうずくまっていた。森園は立ち上がって万雷の拍手と声援を一身に受け止めた。


森園新生徒会長が誕生したとき、菊馬と帝一はお互いぼろぼろになりながらもまだ戦いを続けていた。もうほとんど力の残されていない帝一が、菊馬の足にしがみついて、立ち上がろうともがいている。

「本当にしぶてえ。ひょろい七三のくせに」

菊馬は帝一の頭を押しのけて、からみついてくる腕を引きはがそうとする。だが、帝一はあきらめずに菊馬に向かっていく。

「僕は負けない……！　お前には負けない」

菊馬が帝一に頭突きを食らわせた。最後の力が尽きて、帝一は地面に倒れた。

「ふぅ、しつこい野郎だったぜ」

よろけながら立ち上がる菊馬の肩を美美子が叩いた。次の瞬間彼女の綺麗なハイキックが炸裂し、菊馬はぶっ倒れた。野次馬から大きな拍手が起こった。小学校以来、四年ぶり十二回目のノックアウトだ。


評議会本部室から出てきた古賀が手にした紙を広げて、待ち構えていた生徒たちに見せた。

『森園億人』


その名前を見た生徒たちから歓声が起きた。

「おおおおっ」

「ひっくり返しやがった‼」

結果を待っていた生徒たちが評議会本部室になだれこんで、新しい生徒会長の名を呼んだ。

「森園！　森園！　森園！」

そのコールは学校中に鳴り響いて新時代の幕開けを告げた。

美美子は気を失った帝一に肩を貸して歩きだした。二人の横を新生徒会長決定に沸き立った生徒たちが駆け抜けていく。

「……菊馬はどこ？　僕、勝ったんだっけ？」

「帝一君、頑張ったよ」

「そっか。僕、勝ったんだ……。ついにやり返したよ！」

小学校のとき、一方的に菊馬にいじめられていた帝一を知っている美美子は涙ぐんだ。

「……選挙はどうなった？」

校舎からあふれ出てきた生徒のうちの一人が、帝一を見つけて駆け寄ってくる。光明だ。

「帝一ぃ！」

手を振ってやってくる光明を見つけて、帝一は美美子を突き放すように駆けだして叫んだ。

「光明ー！」

帝一と光明は磁石が吸いつくように自然と抱擁し合った。

光明は、帝一の様子に気づいた。

「どうしたの、その傷！」

「菊馬と決着つけたんだよ」

「帝一……」

光明が目に涙をためた。美美子は熱い抱擁をする二人を冷ややかに見つめた。抱き合ったまま帝一は光明に尋ねた。

「選挙は？」

「森園先輩が勝ったよ！」

遠くから「森園！　森園！」と新生徒会長を讃える声が帝一の耳にも届いた。

「勝った！　勝ったな！」

帝一は喜びでもう一度光明を強く抱きしめた。


光のあるところには影ができる。勝者が生まれたときには、また敗者も同時に生まれる。森園新生徒会長誕生に沸く海帝高校に、新たな敗者が生まれた。

「おい！　見ろ！」

校庭にいた生徒の一人が、校舎の上を指さした。屋上のさらに上、時計台のてっぺんに立ち金髪をなびかせている氷室がいる。

「氷室！　やめろ！」

氷室は勝者を讃える者たちを眼下にとらえながら、歌を口ずさんでいた。すべてをあきらめた顔で、風の音を聞いている。

「氷室先輩……！」

帝一が校舎に駆け寄って仰いだ。

下からの叫びは、氷室の耳には届かない。歌を口ずさむのをやめた。

「さて……音楽は終わった。明かりを消そう」

氷室は両腕を広げ、十字の形になって一歩踏み出した。

「氷室っ！　やめろおおお!!」

駒の絶叫を無視して、氷室の体は虚空に吸いこまれた。重力が無慈悲に氷室の体を地面へと引きつける。氷室は、墜落した。

美美子の甲高い悲鳴と、海帝生たちの叫びが混じり合った。

目の前で起きた残酷な悲劇に、居合わせた者たちが棒立ちになった。

「氷室先輩!!」

帝一が氷室の落下した地点へ駆けつける。氷室の体が、地面に横たわっていた。誰もが最悪の状況を想像していた。駒が氷室のそばにひざまずいて声をかけた。

「氷室……」

すると、駒の声に応えるかのように氷室がごほっと咳をした。

「生きてる……生きてるぞ！」

帝一の声で、凍りついていた生徒たちがわっと駆け寄った。

慌てて氷室をのぞきこんだ駒は意外なものに気づいた。何枚も重ねられたマットだ。氷室の落ちた地点には体育で使うマットが何枚も敷かれていた。光明が弾けるように喜んだ。

「やった！　用意しておいてよかった！」

美美子が驚く。

「えっ、光明君があれを⁉」

「こうなることを予想して⁉」

弾も驚いて尋ねると、光明は手を振って否定した。

「あっ、違う違う！　もし森園先輩が負けたら、我を失った帝一が飛び降りちゃうかもーって思ったんだよ。だから昨日のうちに体育館のマットをひいておいたの。いつも帝一が死ぬ死ぬ言ってるおかげだね！」

光明の説明を聞いて、帝一はうつむいた。

「……むちゃくちゃ恥ずかしいんですけど」

「氷室‼　大丈夫か？　どこか痛いところは⁉」

「いや、軽く目は回ったけど……駒……俺たち、友達だよな？」

氷室は、まだ幻の中にいるような空ろな目をしている。

「あたりまえだろ。俺はいつまでもお前の片腕だ‼　また一緒に別のてっぺん目指そうぜ！」

「そんなのどこにあるんだよ？」

「見ろよ、氷室。世界にはてっぺんなんて星の数ほどあるんだぜ」

駒が氷室を抱き上げた。その美しい姿は、まるで聖母が息子の死を嘆いているかのようだ。

氷室は駒と一緒の方向を見つめた。

「よかった……氷室……よかった……」

駒は泣いた。氷室の目にも涙があふれた。二人はまた、戦友であり親友である元の二人に戻った。

【第十章】帝一の闘争

「〝政治とは流血を伴わぬ戦争である〟毛沢東《もうたくとう》の言葉の中で最も好きな言葉だ。そして、毛沢東はこうも言っている。人民のみが世界の歴史を創造する原動力であると。今度の選挙は限られた人たちによる投票ではない。誰もが候補者になれるし、誰もが有権者だ。僕はこれまでみたいに限られた誰かのために働くのではなく、みんなのために働きたいと思っている。みんなの犬、赤場《あかば》帝一《ていいち》に清き一票を」

帝一が一言一言を嚙み締めるように語っているのを、光明《こうめい》がじっと見守っている。

弾《だん》が言ったように、生徒会は狂っていた。

最初、弾の言葉に激しく反発した帝一だったが、氷室《ひむろ》に肩入れし、靴まで舐める覚悟を決めその犬となり、そしてその氷室に反旗を翻《ひるがえ》して自死を決意させるまで追いこんだことを振り返ると、帝一は自分のしてきたことの重さを感じずにはいられなかった。そして弾の言葉が正しかったことを認めた。いま帝一は、新たな選挙制度の下で行われる初めての会長選挙に立候補し、選挙戦を戦っている。今回初めて投票する権利を与えられた全校生徒に向かって帝一は語った。候補者の政見ビデオを撮影している最中だ。

海帝《かいてい》高校史上、指折りの激戦となった前会長選挙が幕を閉じたのち、氷室の自殺未遂はマスコミに大きく取り上げられ、海帝高校の生徒会長を経験すれば政界で大いに力を持てるという派閥政治に世間の注目が集まった。森園《もりぞの》新会長が行った大規模な選挙制度改革は、教師や海帝OBによる激しい反発を招いたものの、世論を味方につけ、さらには氷室の悲劇を繰り返してはならないという在校生たちの強い意志に支えられ、実現した。

帝一は森園体制を支えて、選挙制度改革の遂行を助けた。今回から、海帝高校生徒会長選挙の投票は、森園が考案した独特の方法で行われる。紙に候補者名を記名するのではなく、時間制限を設けて投票したい候補者の陣地に自ら立つことで全校生徒が票を投じるという方法だ。このルールによって、流言飛語に頼った選挙キャンペーンによって票が投じられて勝負が決まるのを防ぎ、最後の最後まで有権者が投票先を選択できるというのが特徴だ。

改正後初めての会長選挙は、海帝高校の体育館で行われた。体育館の床にテープで線を引き、三つの陣地に区切った。それぞれの陣地に、立候補者の名前が大きく書かれている。

『赤場帝一』『大鷹《おおたか》弾』『東郷菊馬《とうごうきくま》』

全校生徒が、生徒会本部役員と教師たちが見守るなか、それぞれ自分の選んだ候補者の陣地に移動した。投票中、リアルタイムで票数つまり陣地に入っている人数をカウントし、選挙管理委員の本田がアナウンスをした。

「赤場帝一君、三四九票。大鷹弾君、三五〇票。東郷菊馬君、十五票。投票締め切りまではあと一分です。移動する方はすみやかに移動してください」

圧倒的な負けっぷりをさらした菊馬は屈辱に耐えかね、やけになって笑いだした。

「ハ……ハハハ！　十五票って……」

弾と票数のせめぎ合いを続けている帝一は、ずっとライバルだった菊馬のことをなんとも言えない表情で見つめた。

「俺の人生を賭けた戦いがたったの十五票って……」

泣き笑いする菊馬の肩を二四三《にしぞう》がそっとつかんだ。菊馬は挙手して、森園を呼んだ。

「森園会長、俺ら候補者も投票していいんですよね？」

「ええ、もちろん。君のこともカウントして票数を読み上げています」

十五票というのは、菊馬の一票も含めての票数だ。菊馬は敵意をむき出しにした目で帝一をにらんだ。

「帝一よぉ！　俺はお前のことがでぇっ嫌いだ！」

「ミー、ツーだ」

帝一は強気で菊馬に言い返した。その返事に対してケッと唾棄して菊馬が動いた。二四三とともに自陣の線をまたいで、二人は弾の陣地に入った。

「大鷹弾君、三五二票。東郷菊馬君、十三票」

弾と帝一の差が三票に開いた。


菊馬め、自分の戦いを捨てて僕への嫌がらせに走ったか。腐ってる！


「あせってるあせってる、はっ。その顔が見たかっただけさ」

帝一の腸《はらわた》が煮えくり返ったとき、菊馬はさらに動いた。もう一つ線をまたいで、帝一の陣地に入ったのだ。

この奇襲は、帝一にはまったく予想できない出来事だ。

「えっ⁉」

帝一は慌てた。光明も口をあんぐりと開けた。

「東郷君たちが……なんと赤場君の陣地に入りました‼　赤場帝一君、三五一票。大鷹弾君、三五〇票、東郷菊馬君、十三票。赤場君が逆転しました」

「菊馬君が帝一に入れた？　ありえない」

光明がつぶやいた。

菊馬は帝一に喧嘩を売るかのように至近距離に立って睨みつけた。戸惑った帝一が尋ねた。

「菊馬、どうして？」

「……腐れ縁。それだけだ。はっ！　お前が上にいてくれないと、いじめ甲斐がねえからな」

投票時間の締め切りが迫り、アナウンスが秒読み態勢に移行した。

「投票終了まで残り二〇秒！　移動する人は早く移動してください!!」

弾は爽やかに笑った。

「帝一、どっちが勝っても恨みっこなしだな」

明るく言ってのけた弾に対して、双方の支持者から拍手が起こった。

「弾……」

帝一もほほえんだ。

ついにカウントダウンが始まった。

「残り十秒――九――」

現生徒会の役員が固唾を飲んで見守る。そのなかには、森園に指名されて生徒会幹部となった氷室と駒の姿もある。

「五――四――」

帝一はじっとカウントダウンを聞き続け、結果が出るのを待っている。

「三――」

初めての一票を投じた生徒たちも、選挙結果をわくわくして待ち続けている。

「二――一――」

その瞬間、帝一が急に動いた。大きく踏み切って跳んだ。

「投票終了！」

帝一が飛びこんだ先は、弾の陣地だ。帝一の終了間際の行動に気づいた生徒は、混乱していた。一番驚いたのが、弾だ。

「帝一⁉」

「おめでとう、弾」

帝一は、静かに弾を祝福した。

「な……なんと赤場君が大鷹君に票を投じました‼ 最終結果です。赤場帝一君、三五〇票！ 大鷹弾君、三五一票！ 勝者は大鷹弾君です‼ 次期生徒会長が決定しました‼」

弾の勝利を告げるアナウンスで、体育館はどよめきに包まれた。混乱、驚き、歓喜、いろんなものが混じり合って地鳴りのように帝一たちを揺さぶった。

「借りは返した」

「帝一……」

「この学校を変えるのは、お前のような人間だ。お前にはたくさん助けられた。今度は僕が助けてやりたいんだ。僕はピアノが弾ければそれで十分だよ」

「いいのか？」

「だって、友達だろ」

帝一が弾に勝ちを譲ったと理解した生徒たちから、「帝一！　帝一！」の呼び声が上がった。

弾はその声に押されるかのように、帝一に大声で呼びかけた。

「帝一、お前は副会長になってくれ。そして俺を支えてくれ！　俺の就任式でピアノを弾いてくれよ」

「喜んで」

帝一はにっこり笑って引き受けた。

森園が立ち上がってマイクを握った。

「次期生徒会長は大鷹弾！」

弾に投票した者も、帝一に投票した者も、菊馬に投票した者も、皆弾を祝福して盛大な拍手を送った。


弾の就任式の朝、帝一は光明を誘って国会議事堂を見にいった。石造りの威容を誇る議事堂を帝一が見つめていると、光明に声をかけられた。

「ねえ帝一、総理大臣になるのはあきらめてないよね？」

「あきらめる？　そんな言葉、とっくに帝一の辞書から削除済みだ」

「そうだと思った。だってあのとき、ああしたのは計算通りだよね？」

帝一は光明のことをじろっと見た後、にやりと笑った。

「さすが僕の伴侶。よくわかってる」

「やっぱりそうだったんだね！　あと数秒のあの瞬間、菊馬君が動くの見えたもの」

あのときとは、生徒会長選挙の投票のことだ。投票終了まで秒読みになったとき、菊馬は弾と帝一の陣地を区切る線にそっと近づいていた。自力で帝一を負かすべく、油断させておいてギリギリで帝一の陣地から弾の陣地に移動しようと企んでいた。その不審な動きは光明の目にも映っていた。そして、菊馬が自分に投票したことに疑問を感じていた帝一の目にも。

菊馬の負けず嫌いで陰険な性格はよく知っている。では、菊馬の行動に対抗するにはどうしたらよいか？　帝一は瞬時に判断した。


菊馬は止められない。僕の負けは確実だ。それなら――

「負けた」と「勝たせた」では、天国と地獄ほどの差がある!!


実際、帝一が弾を勝たせたおかげで、生徒会長選挙が決着した瞬間に起きたのは「弾」コールではなく、「帝一」コールだった。帝一の行動は勇気ある行動と称えられ、弾と多くの生徒の心を手中に収めた。巻き起こった歓声の中で、菊馬は何が起きたのか悟って悔しがった。

「よかった。帝一が帝一らしくなって」

帝一の力強い眼差しに、光明はすっかり安心した。

「そろそろ就任式の時間だよ」

光明に促されると、帝一は晴れやかな笑顔を見せた。

「行こう」

帝一と光明は歩きだした。


評議会本部室でグランドピアノの前に座った帝一が鍵盤に指をかけた。そこには、ほとんどの海帝生が見たことのない帝一がいた。

帝一が静かにピアノを弾き始めてすぐ、聴いている者は皆息を呑《の》んだ。その演奏はすべての海帝生の予想をはるかに超えて美しく、その旋律は選挙で磨り減った生徒たちの心をそっと癒した。生徒会長を目指して奮闘していた頃よりも帝一は輝いていた。情熱的なメロディと目まぐるしく移り変わる和音が人々の心をつかんで揺さぶった。

「素晴らしい」

森園が初めて聴く帝一のピアノ演奏に心を奪われていた。弾も、ライバルとして戦ってきた帝一の新しい面に感動して誇らしげに言った。

「お前ってこんなすごい奴だったんだ」

帝一の奏でる音はクライマックスを迎えたかと思うと、また引き潮のように静まっていき、いつまでも聴衆の心を魅了し続ける。帝一が弾く曲が唐突に変わった。小学生の頃、よく弾いた思い出の曲だ。菊馬は隣の光明に尋ねた。

「これ、なんて曲だ?」

「マリオネット。帝一の一番好きな曲だよ」

その会話を横で聞いていた弾がつぶやいた。

「マリオネット——操り人形か」

「そう」

操り人形が軽快に動くかのようにピアノの音が軽やかに跳ね、最後の和音が鳴り響いた。生徒たちの喝采を受けた帝一はにやりと笑った。

君たちのことだよ

——帝一の会長選挙は終わった。

生徒会長選挙は弾の勝利に終わり、帝一は負けた。どんなに人の心を摑《つか》んでも負けは負けだ。

しかし、帝一はこれからの未来を見通していた。森園が始めた海帝高校の選挙改革は大きな波を起こした。その潮流は海帝高校と日本の政界の伝統を壊し、新しい時代が幕を開けようとしているところだ。海帝生徒会長会という派閥は力を失い、政治の世界で名を成すために会長の座にこだわる意味は薄れてきている。つまり、生徒会長でなくとも、誰でも実力で上に登れるということだ。

そう、副会長の僕でも!!
すべて、計算通りだ!!
僕は作る!!　僕の国を!!

NOVELIZATION
映画ノベライズ
OF
TEIICHI NO KUNI
THE MOVIE
帝一の國
完

STAFF

原作：古屋兎丸「帝一の國」（集英社ジャンプコミックス）
監督：永井 聡
脚本：いずみ吉紘
音楽：渡邊 崇
主題歌：クリープハイプ「イト」（ユニバーサル シグマ）

製作：小川晋一　木下暢起　市川 南
プロデューサー：若松央樹　村瀬 健　唯野友歩
ラインプロデューサー：原田耕治
撮影：今村圭佑
美術：杉本 亮
照明：織田 誠
録音：石貝 洋
装飾：安藤千穂
編集：二宮 卓
音響効果：岡瀬晶彦
VFXスーパーバイザー：須藤公平
ヘアメイク：望月志穂美
スタイリスト：馬場恭子
スクリプター：田村寿美
スタントコーディネーター：吉田浩之
キャスティング：田端利江
助監督：藤江儀全
制作担当：若林重武
製作：フジテレビジョン　集英社　東宝
制作プロダクション：AOI Pro.
配給：東宝

帝一の國

CAST

赤場帝一　**菅田将暉**

東郷菊馬　**野村周平**

大鷹 弾　**竹内涼真**

氷室ローランド　**間宮祥太朗**

榊原光明　**志尊 淳**

森園億人　**千葉雄大**

白鳥美美子　**永野芽郁**

赤場譲介　**吉田鋼太郎**

〈補遺〉

森園億人の会長就任から大鷹弾の会長就任まで——。映画や小説では描かれていないこの一年の間に、海帝高校では何が起こっていたのか? **漫画『帝一の國』番外編**をお楽しみ頂く前に、ここで登場人物と併せて簡単にご紹介しておこう。

＊＊＊

森園会長就任後の新学期、海帝高校は新一年生を迎えた。ルーム長は左頁下の6名。

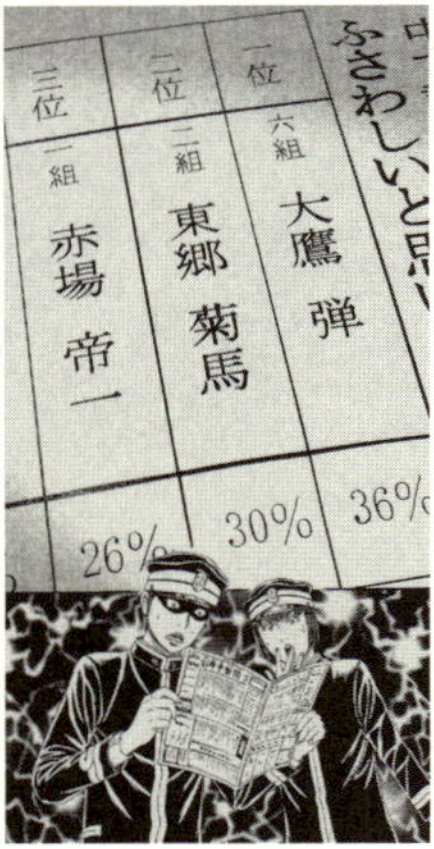

海帝新聞の次期会長候補支持率調査結果に愕然とする帝一と光明(第九巻)

赤場《あかば》 帝一《ていいち》

榊原《さかきばら》 光明《こうめい》

大鷹《おおたか》 弾《だん》

東郷《とうごう》 菊馬《きくま》

根津《ねづ》 二四三《にしぞう》

毘沙門天(びしゃもんてん)
父・譲介の背に彫られた文身。帝一に迷いが生じた時に知恵と助言を授ける。選挙活動中のある失策に責任を感じた帝一は、自らの背にも同様の文身を彫って己を奮い立たせた。

森園《もりぞの》 億人《おくと》

氷室《ひむろ》 ローランド

本田《ほんだ》 章太《しょうた》

京田《きょうだ》 一郎《いちろう》

山羽《やまは》 喜一郎《きいちろう》

駒《こま》 光彦《みつひこ》

光家《みついえ》 吾朗《ごろう》

永福《えいふく》 吉祥《きっしょう》

白鳥《しらとり》 美美子《みみこ》

赤場《あかば》 譲介《じょうすけ》

次期生徒会長を目指す二年生、帝一／菊馬は、支持者獲得に向け、一年生に影響力を持つ彼らにあの手この手で接近。政争に乗り気ではなかった弾も億人の学園民主化への覚悟を知り、その意志を継ぐべく会長選に参戦し、赤場派／東郷派／大鷹派、三つ巴の闘いが展開された。

謀略、謀反…紆余曲折の末、終末論を唱えて多くの生徒を洗脳した蒜山と映画スターとして人気を誇る裕次郎が手を組んだ東郷派が一大勢力に。菊馬を〝傀儡〟とした蒜山と裕次郎は、恐怖政治で次第に学園を支配していく。

蒜山の剃髪は仮の姿!?
蒜山と裕次郎は子供時代に世間を騒がす事件を起こしていた事が明らかに(第十一／十二巻)

野々宮裕次郎(ののみや・ゆうじろう)
時の首相(※原作では野々宮幸四郎)の三男。将来の首相を目指し知名度を得る目的で俳優としても活躍。家庭教師として野々宮家に出入りしていた弾とは顔馴染み。大鷹派→東郷派。

高天原蒜山(たかまがはら・ひるぜん)
新興宗教団体・天照霊波救世教の教祖の息子。将来は跡取りとして教団の国教化と政党結成の野望を持つ。学園敷地内の私有地に教団の海帝支部を建立して生徒たちを洗脳。東郷派。

成田瑠流可(なりた・るるか)
有名ファッションデザイナー成田淳の息子。世の中を「可愛い」と「美しい」で埋め尽くしたいと願っている。同志の光家吾朗(みついえ・ごろう)と行動を共にしている。赤場派→東郷派→赤場派。

羽入慎之助(はにゅう・しんのすけ)
億人も敵わぬ将棋の天才。かつて対局した億人が生徒会長になった事を知り、プロ棋士の夢を断って海帝高校に進学。千手先を読むと言われる洞察力で東郷派崩壊に協力。大鷹派。

久我信士(くが・しんじ)
海帝愚連隊リーダー。短ランに刺繍の入った制服で不良の出で立ちだが、弱きを助け強きを挫く真っすぐな性格。狂犬と呼ばれていた頃の氷室ローランドに憧れ金髪にしている。東郷派→赤場派。

夢島　玲(ゆめしま・れい)
女子のような風貌で〝学園のアイドル〟として親衛隊をも有する人気者。当初は帝一の心を弄んでいたが、恋心を寄せながらも仲違いしていた信士との仲を取り持った帝一に感謝して赤場派へ。

潜入調査に失敗した光明は、蒜山らによって洗脳の餌食に（第十二巻）

東郷派の妨害工作（第十三巻）

光明に東郷派への潜入調査を命じ、これに失敗した帝一は責任をとって立候補を辞退、弾を会長にすべく「弾帝連合」を結成して巻き返しを図る。対して東郷派は弾の悪評を流布してこれを妨害。しかし、窮地に立たされる事で、元来、ライバル関係にあった帝一と弾の友情と絆はより強固なものになっていくのであった…。

そして迎えた選挙当日、弾や氷室の説得と後押しもあり、帝一は再び立候補者として弾／菊馬と肩を並べる。

投票開始直後こそ東郷派が優勢だったが、選挙の最中、帝一や弾の信用が回復される出来事が起こり、また裕次郎らの悪事が暴露され、菊馬から多くの票が帝一と弾へ移動。その後、映画や小説の通り、両者の票が拮抗したところで、帝一が咄嗟の機転で弾を勝たせたのである。

学内に居場所を無くした蒜山は海帝を去って厳しい修行の道へ、慎之助も高校を中退してプロ棋士の道へと、各々進んで行った。

帝一の海帝入学に始まり大鷹弾会長の誕生に至るまで、原作では、映画や小説では止む無く割愛・改編された数多くの波乱や複雑な人間関係が描かれている。

是非コミックス『帝一の國』第一巻から第十四巻もお読み頂き、その世界をご堪能されたし！

＊　＊　＊

そして、ここから先は、
帝一らが三年生に進級し、
大鷹弾生徒会長就任から数か月後の物語――

古《ふる》屋《や》兎《うさ》丸《まる》
帝一の國《ていいちのくに》
TEIICHI NO KUNI
番《ばん》外《がい》編《へん》
EXTRA EDITION
【帝《てい》一《いち》、海《かい》帝《てい》最《さい》後《ご》の闘《たたか》い】

久我《くが》信士《しんじ》　夢島《ゆめしま》 玲《れい》　羽入《はにゅう》慎之助《しんのすけ》

高天原《たかまがはら》蒜山《ひるぜん》　野々宮《ののみや》裕次郎《ゆうじろう》　成田《なりた》瑠流可《るるか》

副生徒会長《ふくせいとかいちょう》 東郷《とうごう》 菊馬《きくま》
書記《しょき》 根津《ねづ》 二四三《にしぞう》
副生徒会長《ふくせいとかいちょう》 赤場《あかば》 帝一《ていいち》
会計《かいけい》 榊原《さかきばら》 光明《こうめい》
起立《きりつ》!
礼《れい》!
着席《ちゃくせき》!
これより評議会《ひょうぎかい》を執《と》り行《おこな》います
生徒会長《せいとかいちょう》 大鷹《おおたか》 弾《だん》

大鷹生徒会《おおたかせいとかい》本部《ほんぶ》は以下《いか》の大改革《だいかいかく》を行《おこな》った
生徒会選挙《せいとかいせんきょ》は立候補制《りっこうほせい》とし
全校生徒《ぜんこうせいと》がその権利《けんり》を有《ゆう》する
また全校生徒《ぜんこうせいと》が投票権《とうひょうけん》を有《ゆう》する
この改革《かいかく》によりルーム長《ちょう》になることのメリットはなくなり多額《たがく》の寄付金競争《きふきんきょうそう》は事実上《じじつじょう》消滅《しょうめつ》した
海帝高校《かいていこうこう》は健全《けんぜん》な学校《がっこう》に生《う》まれ変《か》わったのであった

11月《がつ》
会長候補者《かいちょうこうほしゃ》25名《めい》！
確《たし》かに届出《とどけで》は受理《じゅり》した！
くれぐれも不正《ふせい》のないように！
はい!!

一月《がつ》
久我信士《くがしんじ》をよろしく！
玲《れい》の公約《こうやく》は全員《ぜんいん》にキッスよ！
カワビューティーな海帝《かいてい》にしましょう！
投票《とうひょう》まであと一か月《げつ》か…
久我《くが》信士《しんじ》
野々宮《ののみや》裕次郎《ゆうじろう》
夢島《ゆめしま》玲《れい》
成田《なりた》瑠流可《るるか》
実質《じっしつ》この四人《にん》に票《ひょう》は分《わ》かれるな
だな

でもやっぱり
人望《じんぼう》も厚《あつ》くてまっすぐな久我君《くがくん》が本命《ほんめい》だね！
ああ
世論調査《よろんちょうさ》を見《み》てもほぼあいつに決《き》まりだろう
久我《くが》はいい奴《やつ》だ
あいつなら次《つぎ》の海帝《かいてい》を安心《あんしん》して任《まか》せられるな
…………

久我信士《くがしんじ》をよろしくお願《ねが》いしまーす!!
俺たちと超楽しい海帝にしようぜ!! 久我信士
バサッ!!
え?
ど…どうした信士《しんじ》!?

えっ!?
立候補《りっこうほ》を辞退《じたい》する!?
はい
い…
辞退届
一体《いったい》どうして?
闘《たたか》う意味《いみ》が…
わからなくなったんです

海帝《かいてい》はもう弾会長《だんかいちょう》や帝一副会長《ていいちふくかいちょう》のおかげで超楽《ちょうたの》しいし
俺《おれ》は何《なに》と闘《たたか》うのか
会長《かいちょう》になって何《なに》がしたいのかよくわからなくなったんです！
考《かん》え直《なお》せ 久我《くが》 お前《まえ》はまっすぐな男《おとこ》だ！
そうニャン
この新体制《しんたいせい》を引《ひ》っぱっていけるのはお前《まえ》のような男《おとこ》だ！
そうだそうだー
俺《おれ》は…
お前《まえ》の考《かんが》えを尊重《そんちょう》するよ
大鷹《おおたか》!?
でも高校生活《こうこうせいかつ》は短《みじか》い
辞退届
これは預《あず》かっておくからよく考《かんが》えてからにしろ

……
よう
久我《くが》!!
よく
思《おも》い切《き》った
な!
菊馬《きくま》
副会長《ふくかいちょう》…
俺《おれ》…先日《せんじつ》
あなたに言《い》われて
はっとしたんです
お前《まえ》さ
生徒会長《せいとかいちょう》に
なって何《なに》が
したいんだ?
え?

もう海帝《かいてい》は十分《じゅうぶん》自由《じゆう》だし
何《なに》もお前《まえ》が闘《たたか》うことはねえ
お前《まえ》は海帝愚連隊《かいていぐれんたい》として人助《ひとだす》けした方《ほう》がいいと思《おも》うぜ
あの言葉《ことば》で俺《おれ》…
ただ生徒会長《せいとかいちょう》になりたいだけの自分《じぶん》が恥《は》ずかしくなったんです…
そうか そうか
俺《おれ》はお前《まえ》の決断《けつだん》 いいと思《おも》うぜ!
ケケッ
帝一《ていいち》はお前《まえ》の気持《きも》ちが全《まった》くわかってねえ
その点《てん》 俺《おれ》は違《ちが》うぜ!
でも帝一副会長《ていいちふくかいちょう》が…
気持《きも》ちのわかる男《おとこ》!!
それが東郷菊馬《とうごうきくま》副会長《ふくかいちょう》だ!!
ケケッ

そう…
すよね！
俺《おれ》完全《かんぜん》に吹《ふ》っ切《き》れました！
今後《こんご》は海帝愚連隊《かいていぐれんたい》の奉仕活動《ほうしかつどう》に専念《せんねん》します！
今日《きょう》から街《まち》の清掃活動《せいそうかつどう》再開《さいかい》だ!!
信士《しんじ》!?
よしよしよしよし！
ケケケッ
なんて簡単《かんたん》な奴《やつ》なんだ!!
久我会長候補辞退《くがかいちょうこうほじたい》の一報《いっぽう》は瞬《また》く間《ま》に学校中《がっこうじゅう》に広《ひろ》まった
ザワザワ
ザワザワ
ザワザワ

信士《しんじ》!!
なんで?
嘘《うそ》でしょ!?
もう決《き》めたんだ!
玲《れい》は信士《しんじ》が出馬《しゅつば》するからお祭《まつ》りだと思《おも》って一緒《いっしょ》に出馬《しゅつば》したのに〜〜〜
じゃあ玲《れい》が会長《かいちょう》になって信士《しんじ》を副会長《ふくかいちょう》に指名《しめい》するね
それもやめてくれ!
俺《おれ》は困《こま》ってる人《ひと》を助《たす》けたいんだ!
今《いま》の海帝《かいてい》は俺《おれ》なしで十分《じゅうぶん》やっていける!
え〜〜〜
そんなぁ〜〜〜

はーい
玲《れい》も辞退《じたい》しまーす!
え!?
ど…
どうしてお前《まえ》まで!?
信士《しんじ》がいない選挙《せんきょ》なんてイチゴの乗《の》ってないパフェみたいなものだからでーす
ねっ大吾《だいご》
全然《ぜんぜん》わからん
グッ

久我《くが》…聞《き》いたぞ
裕次郎《ゆうじろう》…
お前《まえ》につられて夢島《ゆめしま》まで抜《ぬ》けてしまったら
あと票《ひょう》が見込《みこ》めるのは俺《おれ》と成田《なりた》だけだ
ライバルが減《へ》っていいじゃねえか
俺《おれ》は去年《きょねん》の事《こと》があるからな…
未《いま》だにまだみんなの信頼回復《しんらいかいふく》には至《いた》ってない

そうなると会長《かいちょう》有力《ゆうりょく》候補《こうほ》はあいつらになるんだぞ!!
僕《ぼく》たちはカワビューティーな海帝《かいてい》をつくりまぁ——す
☆生徒《せいと》のお化粧《けしょう》を自由化《じゆうか》します!
☆スカートの着用《ちゃくよう》を認《みと》めます!
☆制服《せいふく》は個性《こせい》に合《あ》わせてオーダーメイドします!
☆校内《こうない》はカラフルに塗装《とそう》します!
☆美容委員《びよういいん》を新設《しんせつ》します!
あいつらの公約《こうやく》通《どお》りになったら
どんな学校《がっこう》になるのか想像《そうぞう》してみろ!!

まあ
いいんじゃね？
俺《おれ》みたいに
ビジョンがないより
ましだろ！
久我《くが》…
投票《とうひょう》まで
あと
二週間《しゅうかん》
このままでは
成田《なりた》政権《せいけん》が
誕生《たんじょう》してしまう！
頭《あたま》が
痛《いた》い…!!
見《み》て
見《み》て！
最新《さいしん》の
世論調査《よろんちょうさ》!!
海帝新聞
同好会だより
!

あ　候補者の
中　次期生徒会長に
ふさわしいと思いますか
一位　六組　永福吉祥　59%
二位　五組　成田瑠流可　15%
三位　三組　野々宮裕次郎　12%
四位　四組　古川善　9%
え…
永福《えいふく》　吉祥《きっしょう》!?
ど…
ど…
どうして永福《えいふく》が
票《ひょう》を伸《の》ばしてるんだ!?
永福《えいふく》は天照霊波救世教《あまてらすれいはきゅうせいきょう》の
熱心《ねっしん》な信者《しんじゃ》で
一年《ねん》六組副《くみふく》ルーム長《ちょう》だったが
高天原《たかまがはら》　蒜山《ひるぜん》が
退学《たいがく》した後《あと》
二年《ねん》六組《くみ》では
ルーム長《ちょう》になっていた

何《なに》か裏《うら》がありそうだな…
裏《うら》!?
別《べつ》に裏《うら》なんかないだろ!
蒜山《ひるぜん》についてた信者《しんじゃ》の心《こころ》は離《はな》れたが
蒜山《ひるぜん》亡《な》き今《いま》そいつらが永福《えいふく》についたってことじゃねぇか
ケケッ
光明《こうめい》ともかく探《さぐ》ってみてくれないか
ラジャー
…………

ピンポーン
あっ 弾君《だんくん》！
森園《もりぞの》 億人《おくと》
お久《ひさ》しぶりです 億人《おくと》さん！
ちょうど良《よ》かったよ
？
羽入《はにゅう》！
お久《ひさ》しぶりです
あれは…京田先輩《きょうだせんぱい》…？
です

羽入君《はにゅうくん》は たまに僕《ぼく》と 将棋《しょうぎ》の手合《てあ》わせに 来《く》るんです
プロの世界《せかい》は 神経《しんけい》が すり減《へ》ります
羽入《はにゅう》 慎之助《しんのすけ》
ここで 森園《もりぞの》さんと 打《う》つと落《お》ちつくん ですよ
へー
将棋《しょうぎ》のストレスを 将棋《しょうぎ》で解消《かいしょう》 するんだ
京《きょう》さんはいつも ここにいます
半分《はんぶん》 住《す》んでるような ものです
昼《ひる》・夢《ゆめ》・安《やす》らぎ・死《し》・ 私《わたし》は全《すべ》てを知《し》る闇《やみ》 この館《やかた》を護《まも》る我《われ》の名《な》は 夜《よる》の女神《めがみ》ニュクス
京田《きょうだ》 一郎《いちろう》
で
どうしたの？ 弾君《だんくん》
ええ……
実《じつ》は…

永福君《えいふくくん》の突然《とつぜん》の票《ひょう》の伸《の》び…
それは確《たし》かに
何《なに》かありますね
今《いま》まで気配《けはい》がなかった伏兵《ふくへい》が
いきなり大胆《だいたん》な動《うご》きをする裏《うら》には
大《おお》きなバックがついてるのが定石《じょうせき》です…
これは
思《おも》った以上《いじょう》に黒《くろ》い手《て》かもしれません…

投票《とうひょう》まで
あと一週間《しゅうかん》
あれっ
帝一《ていいち》
美美子《みみこ》！
弾君《だんくん》！
久《ひさ》しぶり
そっか…
久我君《くがくん》まだ辞退《じたい》したままなんだ
ああ…あと一週間《しゅうかん》しかないと言《い》うのに！
あいつは言《い》い出《だ》すときかない奴《やつ》だからな
我々本部《われわれほんぶ》は特定《とくてい》の候補者《こうほしゃ》に肩《かた》入れしてはならない…
それはわかってるんだけど
永福《えいふく》が生徒会長《せいとかいちょう》になったら嫌《いや》な予感《よかん》がするんだよな
ん〜〜〜

生徒会長《せいとかいちょう》が目的《もくてき》ではないとしたら…
久我君《くがくん》はなんでルーム長《ちょう》になったんだろうね？
え…なんだよいきなり
………
投票《とうひょう》三日前《かまえ》
久我君《くがくん》はまだ固辞《こじ》してるのか？
はい
もう為《な》す術《すべ》がありません…
赤場邸《あかばてい》

秃永福《はげえいふく》めっ!!
一体《いったい》どんな裏《うら》があるんだ!?
赤場《あかば》 譲介《じょうすけ》
喝《かつ》!!!
びっ
毘《び》沙《しゃ》門《もん》天《てん》様《さま》!!
敵《てき》を悪《あく》と決《き》めつけず
その心《こころ》に寄《よ》り添《そ》うべし
永福《えいふく》の心《こころ》に
寄《よ》り添《そ》う…?

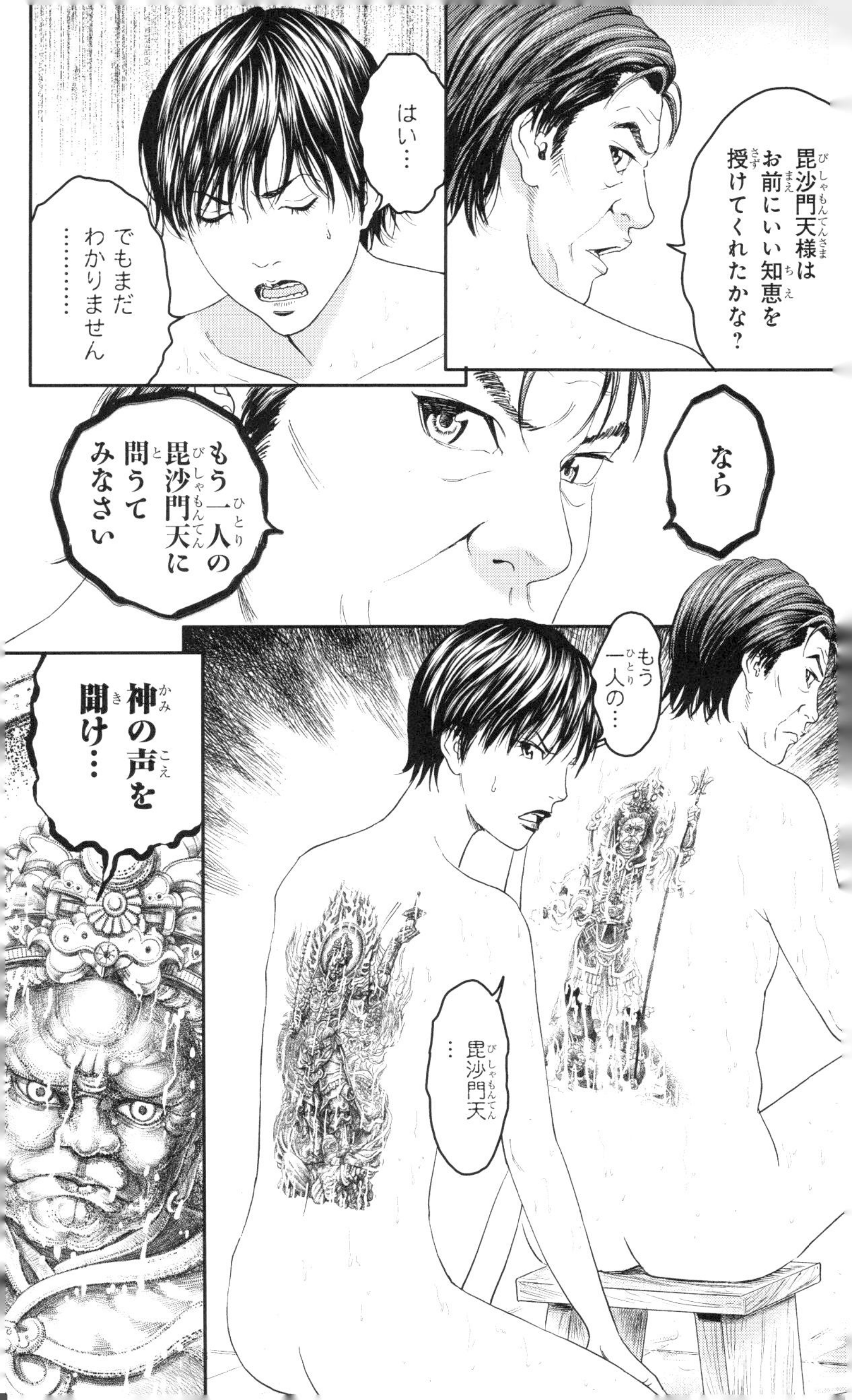
毘沙門天様《びしゃもんてんさま》はお前《まえ》にいい知恵《ちえ》を授《さず》けてくれたかな？
はい…
でもまだわかりません……………
なら
もう一人《ひとり》の毘沙門天《びしゃもんてん》に問《と》うてみなさい
もう一人《ひとり》の…
毘沙門天《びしゃもんてん》…
神《かみ》の声《こえ》を聞《き》け…

神《かみ》の声《こえ》……
！
ヒュオオオオオオ
ヒュオオオオオ

名倉
加茂
是枝
飯島
桜木
成田
永福
野々宮
古川
八木
そして二月一日《がっついたち》
制限時間《せいげんじかん》30分《ぷん》!!
久我《くが》辞退《じたい》のまま投票《とうひょう》の日《ひ》がやってきた
投票《とうひょう》開始《かいし》!!

ザッ
ザッ
ザッ
ひっ
う…
圧倒的《あっとうてき》!!
加
是枝
飯島
桜木
成田
永福
野々宮
古川
八木
ザワッ
圧倒的《あっとうてき》に
永福《えいふく》に票《ひょう》が
集《あつ》まってる!!

久我《くが》はどこだ…？
！
野々宮《ののみや》に投票《とうひょう》してる!!
お前《まえ》はそれでいいのか!?
久我《くが》!!
あっ来《き》た来《き》た
え

駒《こま》 光彦《みつひこ》
氷室《ひむろ》 ローランド
氷室《ひむろ》先輩《せんぱい》!!
駒《こま》先輩《せんぱい》!
ザッ
ザッ

本田《ほんだ》 章太《しょうた》
山羽《やまは》 喜一郎《きいちろう》
森園《もりぞの》前会長《ぜんかいちょう》に本田《ほんだ》先輩《せんぱい》と山羽《やまは》先輩《せんぱい》！
ザッ
羽入《はにゅう》！
ザッ
あれは…京田《きょうだ》先輩《せんぱい》…？

ど…どうして
俺《おれ》が無理《むり》言《い》って来《き》てもらったんだ
久我君《くがくん》ってなんでルーム長《ちょう》になったんだろうね
きっかけとなった尊敬《そんけい》する氷室先輩《ひむろせんぱい》に
ありがとう美美子《みみこ》…
久我《くが》
お前《まえ》は何《なに》をしてるんだ？
え？

森園前会長《もりそのぜんかいちょう》と僕《ぼく》
そして大鷹《おおたか》や赤場達《あかばたち》が
苦労《くろう》して築《きず》いた道《みち》を守《まも》る
それも大《おお》きな
仕事《しごと》じゃないのか!?
永福君《えいふくくん》は
校長先生《こうちょうせんせい》と
組《く》んで
学校《がっこう》を以前《いぜん》の
体制《たいせい》に戻《もど》そうと
しています

ザワッ
なっなっ
何《なに》を言《い》ってるんだ羽《は》入《にゅう》君《くん》!!
校長《こうちょう》
黒岩《くろいわ》 五十六《いそろく》
そうだ そうだ!
そんな証拠《しょうこ》どこにもない!!
ケケッ
なぜお前《まえ》がそこでムキになる?
赤場《あかば》先輩《せんぱい》これを
あやしいニャン
テープ?

光明先輩《こうめいせんぱい》に頼《たの》まれて
将棋好《しょうぎず》きな校長先生《こうちょうせんせい》の家《いえ》に手合《てあ》わせに伺《うかが》ったんです
いやいやまいった まさか十手《て》で負《ま》けるとは
さすが羽入君《はにゅうくん》だ!!
ちょっと電話をお借《か》りしたいのですが
かまわんかまわん
よしもう一回《かい》!
その時《とき》
光明先輩《こうめいせんぱい》に作《つく》ってもらった受話口《じゅわぐち》と取《と》り替《か》えたんです
光明《こうめい》!どうして校長《こうちょう》があやしいと!?
学校の帳簿を見たら使途不明金《しとふめいきん》がこの一か月《げつ》で500万《まん》もあって
その上《うえ》永福君《えいふくくん》と頻繁《ひんぱん》に接触《せっしょく》してたから
ガチャ
ザーー…
ゴク…

ザワッ
校長先生《こうちょうせんせい》おはようございます
永福君《えいふくくん》いよいよ今日《きょう》は投票日《とうひょうび》だ！
はい
校長《こうちょう》と永福《えいふく》の声《こえ》だ!!
海帝高校《かいていこうこう》の民主化《みんしゅか》で私《わたし》はひどく政財界《せいざいかい》から責《せ》められ
やっ
やっ
やめなさい!!
その上《うえ》ルーム長《ちょう》の権威《けんい》までなくなり次期新入生《じきしんにゅうせい》の寄付金《きふきん》はいつもの10分《ぶん》の1!!
500万《まん》も生徒達《せいとたち》にばらまいたのだからもう確実《かくじつ》だろう
君《きみ》が生徒会長《せいとかいちょう》になって旧体制《きゅうたいせい》に戻《もど》してくれたまえ！
はい！
なっ

なんでそんなことを!?
永福《えいふく》!!
お前《まえ》たちの……
せいだ…
お前《まえ》たちのせいで天照霊波救世教《あまてらすれいはきゅうせいきょう》は破産状態《はさんじょうたい》!!
蒜山様《ひるぜんさま》も親《おや》と絶縁《ぜつえん》してしまった!
私《わたし》は
絶対《ぜったい》お前《まえ》らを許《ゆる》さない!!
私《わたし》と一緒《いっしょ》にあいつらをギャフンと言《い》わせようじゃないか!
そんな私《わたし》の心《こころ》をわかってくれたのは校長先生《こうちょうせんせい》だった!

ザワ…

久《ひさ》しぶりだな
永福《えいふく》
高天原《たかまがはら》 蒜山《ひるぜん》
ひっ
蒜山《ひるぜん》様《さま》!!
どっ
どうして…?
私《わたし》は私自身《わたしじしん》を恥《は》じ
一生《いっしょう》精霊山《せいれいざん》から降《お》りないと決《き》めていた
…だが

登山家《とざんか》でさえ冬《ふゆ》の精霊山《せいれいざん》は登《のぼ》らないと言《い》われてるにもかかわらず
赤場先輩《あかばせんぱい》がお前《まえ》の様子《ようす》がおかしいと
山頂《さんちょう》の寺《てら》にまで来《き》て話《はな》してくれた
その心《こころ》と行動力《こうどうりょく》に
私《わたし》は動《うご》かされ降《お》りてきたんだ

す…すごーい 帝一《ていいち》
たいしたことなかったさ
ひ〜 助《たす》けて〜
来《く》るんじゃなかった〜〜
本当《ほんとう》は死《し》ぬ程《ほど》後悔《こうかい》したけどなっ
敵《てき》を悪《あく》と決《き》めつけず その心《こころ》に寄《よ》り添《そ》うべし 神《かみ》の声《こえ》を聞《き》け
これでいいのですか？ 毘《び》沙門《しゃもん》天《てん》様《さま》
お前《まえ》は私《わたし》のことで生徒会《せいとかい》を恨《うら》んでるようだが
それは大《おお》きな間違《まちが》いだ
え

私《わたし》は常《つね》に天照霊波救世教《あまてらすれいはきゅうせいきょう》の後継者《こうけいしゃ》としてのプレッシャーと闘《たたか》っていた
小学生《しょうがくせい》の頃《ころ》はそれが極端《きょくたん》な反抗心《はんこうしん》となった
また海帝高校《かいていこうこう》に入《はい》ってからは
教団《きょうだん》を大《おお》きくしようという思《おも》いが私《わたし》をゆがませた
でもそんな状態《じょうたい》から救《すく》ってくれたのが
彼《かれ》らなんだ

おかげで私《わたし》は
今《いま》初《はじ》めて神《かみ》と一《ひと》つになった幸《しあわ》せを感《かん》じている
すっ
お前《まえ》ももう天照霊波救世教《あまてらすれいはきゅうせいきょう》の呪縛《じゅばく》から離《はな》れ
自分《じぶん》の道《みち》を歩《あゆ》みなさい

へたっ
蒜山様《ひるぜんさま》…
蒜山様《ひるぜんさま》………
私《わたし》はもう精霊山《せいれいざん》に戻《もど》る
あとは自分《じぶん》で決《き》めろ
ヒル！急《きゅう》に退学《たいがく》したから心配《しんぱい》したんだ……
頼《たの》む
学校《がっこう》に戻《もど》ってきてくれないか！
心配《しんぱい》はいらない

元気《げんき》で
親友《しんゆう》…
ヒル…

私《わたし》は…
私《わたし》は退学《たいがく》します
蒜山様《ひるぜんさま》のいる精霊山《せいれいざん》に入《はい》ります
なっ
なに言《い》ってるのチミ!
500万《まん》…500万《まん》…
そうだよ永福《えいふく》てめえ
裏切《うらぎ》る気《き》か!?
ゲゲッ
菊馬《きくま》!?
あ

まさかお前《まえ》…学校《がっこう》の犬《いぬ》だったのか!?
は…
はは…
ばれちゃしょうがねえ
なんでそんなことを!?
てめえらのせいだ!!
海帝《かいてい》が民主化《みんしゅか》したせいで親父《おやじ》が通産省《つうさんしょう》の事務次官《じむじかん》をクビになったんだよ!!
頼《たの》んでもねえのにお前《まえ》たちが政財界《せいざいかい》の海帝派閥《かいていはばつ》の解体《かいたい》までしちまうから!

だからと言《い》って やっていい事《こと》と 悪《わる》い事《こと》が あるだろ!
とことん 腐《くさ》ってるな!
ピシッ
腐《くさ》っても 菊馬《きくま》だぜ!!
はっ
加茂
是枝
飯島
桜木
成田
永福
野々宮
古川
八木
永福《えいふく》の辞退《じたい》で 野々宮《ののみや》と成田《なりた》に 票《ひょう》が分《わ》かれた!
わずかに 成田《なりた》がリード してる!

投票終了《とうひょうしゅうりょう》まで あと5分《ふん》だ
どうする？ 久我《くが》
そうよ このままじゃ 僕《ぼく》たちが 生徒会長《せいとかいちょう》に なっちゃうわよ
僕《ぼく》らは カウンターカルチャーだから メインになったら いけないと思《おも》うの！
は…
はは
俺《おれ》ってつくづく 単細胞《たんさいぼう》の
大馬鹿《おおばか》 野郎《やろう》だ…

みんながこんなにも俺《おれ》を必要《ひつよう》としてくれてることに
今日《きょう》初《はじ》めて気《き》がついた
それに俺《おれ》の大好《だいす》きな氷室先輩《ひむろせんぱい》が
俺《おれ》に目標《もくひょう》を与《あた》えてくれた
俺《おれ》が
海帝《かいてい》の未来《みらい》を守《まも》る!!

オオオオオオ

ビリリリッ
こうして
次期生徒会《じきせいとかい》
役員《やくいん》は決定《けってい》
した

生徒会長《せいとかいちょう》
久我《くが》 信士《しんじ》
副生徒会長《ふくせいとかいちょう》
夢島《ゆめしま》 玲《れい》
副生徒会長《ふくせいとかいちょう》
野々宮《ののみや》 裕次郎《ゆうじろう》
書記《しょき》
宮瀬《みやせ》 陣介《じんすけ》
会計《かいけい》
成田《なりた》 瑠流可《るるか》

しかし久我《くが》…
どうして黒髪《くろかみ》に？
「何《なに》かを手《て》に入《い》れたら何《なに》かを我慢《がまん》する」っていう親父《おやじ》の教《おし》えがあって
重責《じゅうせき》を任《まか》せられたんだから族《ぞく》ファッションからは卒業《そつぎょう》したんです
え〜〜〜玲《れい》の親《おや》に会《あ》うためって言《い》った〜？
お前《まえ》は何《なに》聞《き》いてたんだよっ!!
信士《しんじ》〜〜〜
信士《しんじ》〜〜〜

安心《あんしん》しろ
みんな！
俺《おれ》の心《こころ》は一生《いっしょう》
海帝愚連隊《かいていぐれんたい》だ！
海帝愚連隊
おおおおおっ
こうして
久我《くが》たちの
会長選挙《かいちょうせんきょ》が
幕《まく》を閉《と》じた

ようやく一段落《いちだんらく》だな…
ああ これで安心《あんしん》して卒業《そつぎょう》できるな
って光明《こうめい》！
なぜ美美子《みみこ》と手《て》をつなぐ？
僕《ぼく》の恋人《こいびと》だぞ！
だって僕《ぼく》の友達《ともだち》だよ！
じゃ…
じゃあ僕《ぼく》も
じゃあ俺《おれ》も！
海帝高校《かいていこうこう》完全民主化《かんぜんみんしゅか》と海帝派閥解体《かいていはばつかいたい》の影響《えいきょう》で
本部役員《ほんぶやくいん》たちの大学推薦制度《だいがくすいせんせいど》は撤廃《てっぱい》されていた
そんな中《なか》彼《かれ》らの進路《しんろ》は…

僕《ぼく》は東都大《とうとだい》に受《う》かったよ
余裕《よゆう》で
菊馬《きくま》は東都大《とうとだい》に落《お》ち浪人《ろうにん》らしい
ははは っ
さすが帝一《ていいち》だな！
って俺《おれ》も東都大《とうとだい》だった
また四年間《ねんかん》よろしくな！
億人《おくと》さんも東都大《とうとだい》受《う》かったって
私《わたし》は花園女子大《はなぞのじょしだい》に行《い》くわ
みんなすごいな〜
僕《ぼく》はうちの工場《こうじょう》を継《つ》ぐよ！

光明《こうめい》
僕《ぼく》が困《こま》った時《とき》は
勿論《もちろん》 光《ひかり》の速《はや》さで駆《か》けつける
ニャン
この三年間《ねんかん》
長《なが》くて激《はげ》しい戦《たたか》いだったな…
大鷹《おおたか》僕《ぼく》に言《い》わせるつもりか？
お決《き》まりのあの言葉《ことば》を

僕たちの戦いは
まだこれからだ!!

…と言《い》いたいところだが
今《いま》は休《やす》みたいな
ははっ
正直《しょうじき》疲《つか》れたよな
今日《きょう》は思《おも》いっきり遊《あそ》ぼうね！
どこ行《い》く？
国会《こっかい》議事堂《ぎじどう》だ
やだ——
じゃあ最高《さいこう》裁判所《さいばんしょ》は？
もっとやだ〜

おしまい

あとがき　のようなもの

映画ノベライズ版「帝一の國」＆番外編は
いかがでしたでしょうか？　久麻當郎さん、ありがとうございました。
舞台、映画、ノベライズ……と沢山のクリエイターの手によって
新しく命を吹き込まれる帝一をまぶしい思いで見ています。
帝一と仲間たちの闘いがこれからも続くといいな……と思ってます。
応援してくれてる皆様　ありがとうございます!!

希望を込めて
またね〜♡

初出
映画ノベライズ 帝一の國 書き下ろし
漫画『ジャンプSQ.』2017年5月号掲載分を収録

この作品は、2017年4月公開(配給/東宝)の映画『帝一の國』(脚本/いずみ吉紘)を
ノベライズしたものです。

[映画ノベライズ **帝一の國**]
2017年5月6日 第1刷発行

原作=古屋兎丸
小説=久麻當郎
脚本=いずみ吉紘
装丁=chutte
編集協力=藤原直人[STICK-OUT]
編集人=島田久央
発行者=鈴木晴彦
発行所=株式会社 集英社
〒101-8050 東京都千代田区一ツ橋2-5-10
tel【編集部】03-3230-6297【読者係】03-3230-6080
【販売部】03-3230-6393(書店専用)
印刷所=図書印刷株式会社

Printed in Japan

ISBN978-4-08-703417-2 C0093

検印廃止